こりゃ参ったな、
とイザヤ・フレイルは
内心でつぶやいた。
銀髪の美少女に
のしかかられている。

イザヤ・フレイル
魔王を倒した勇者。
その膨大な魔力を
吸収したまま隠遁している
エリカ・ベルモンド
錬金術を監査する役人。
ヨメを妹のように
可愛がっている
ヨーメリア・クレッシェント
愛称はヨメ。
世話好きな錬金術師でイザヤに
ふたり暮らしをせがむ

マリーゴールド・ヴァレンタイン
通称マリー。
優れた錬金術師だが
プライドも高い

「わたくし、マリーゴールド・ヴァレンタインと申します。
どうぞお気軽にマリーとお呼びくださいませ」

魔王を倒した俺に待っていたのは、世話好きなヨメとのイチャイチャ錬金生活だった。

かじいたかし

HJ文庫
767

口絵・本文イラスト　ふーみ

目次

プロローグ

こりゃ参ったな、とイザヤ・フレイルは内心でつぶやいた。

銀髪《ぎんぱつ》の美少女に、のしかかられている。

「イザヤしゃあん……えへ、えへへ、えっへっへっへぇぇぇぇっ……かわいいれしゅねえ」

ちょっと、びっくりする。

可愛《かわい》いって、どこが？　むしろ怖《こわ》いとか目つき悪いとか言われる顔なんだが……。

「ほんとかぁいい、かぁいいれすねえ」

そうですか……。

って、工房《こうぼう》の床《ゆか》に仰向《あおむ》けで転がっているせいで、背中が痛い。

起きようにも意外と肉感のある体におおいかぶさられていてできないし……。

「えへ……うぇっへっへっへっへ……」

体重をのせてくる銀髪少女の様子を表現するなら、べろべろとか、ぐでんぐでんとか、まあ、そういうものになる……。

「かわいいから……お仕置きしちゃいますねぇ……」

「……だからそれどういう意味だ？」

「うふふふふふふ……決まってるじゃないですかぁ………」

瞳《ひとみ》が熱っぽい。酔《よ》っているから当然なのだが……獲物《えもの》を狙《ねら》うような輝《かがや》きも感じる。

これって――。

（俺《おれ》、犯《おか》されちゃうのか……？）

端的《たんてき》に言って、貞操《ていそう》の危機ではないだろうか？

もしかすると、無理やりパパにされてしまうんだろうか？

ちなみに、生物学的に男子が女子に犯されるってありえるんだろうか……？

いやあ、ほんと、参ったなあ。

やっぱり、そんなに知らない人のうちにほいほいと遊びに来るなんて無警戒《むけいかい》すぎたのだ。

じいちゃんもイカンぞと言ってたのに。

「えへへ……かーんねーんしーなさーい」

いま、この瞬間《しゅんかん》――。

冒険者《ぼうけんしゃ》として名を馳《は》せ、勇者と呼ばれ、魔王《まおう》を討《う》ち、そして、とある事情により破壊《はかい》の化身《けしん》と怖《おそ》れられるようになったイザヤ・フレイルは――。

十八年間守り通した男の純潔を、散らされようとしているのかもしれなかった。

「……それでは……いきましゅねえ」

「くっ……」

貞操の簒奪者《さんだつ》になろうとする少女、ヨーメリア・クレッシェントは——。

折り重なるように体を密着させ、イザヤの顔に唇《くちびる》を近づけてきて——。

「ぐう」

寝《ね》た。

「…………………………」

胸元《むなもと》にヨーメリア——ヨメの頬《ほお》がこてんとのせられる。

やわらかく、あたたかい。

というか。

別に、ヨメはイザヤを性的に襲《おそ》おうという意図はなかった……？

ただ、酔ってくっついてきただけ……？

「……わからん……」

イザヤは困惑《こんわく》気味の顔でふうと息を吐《は》き出《だ》し、天井《てんじょう》を見上げる。

なんでこうなったのか？

そもそもここはどこなのか？
この少女は？
イザヤはことの発端《ほったん》を思い出す。
そうだ、あれは数日前――……。

第1話　ヨメはクールで世話好きな錬金術師《れんきんじゅつし》だった。

——モグラのような青春を過ごした。

イザヤはあの日々を、胸の内でそんなふうに思い返す。

具体的には……十三歳《さい》から十七歳という十代の真ん中を、冒険者としてひたすらダンジヨンに潜《もぐ》り続けたのだ。

パーティは組まず、魔術《まじゅつ》の盛んなメジャイルで生まれながら魔術は一切《いっさい》使わなかった。

周囲に流されない、おもねらない、交わらない——。

ひたすら、ひとりで戦う。

それはイザヤの冒険スタイルというだけでなく、人生哲学《てつがく》でもあったのだが……その姿勢が報《むく》われたかというと、ある程度までは報われた。

卓越《たくえつ》した剣技《けんぎ》から『勇者』と称《たた》えられ、ダンジョンの深くで『魔王』を討ち果《は》たした。

魔王——闇《やみ》に堕《お》ちた、魔術師のなれの果て。

あの巨大《きょだい》な悪を、たったひとり剣のみで倒《たお》したのだ。

誇《ほこ》らしかった。栄光を手にしたと思った。勇者の称号《しょうごう》にふさわしい偉業《いぎょう》を達成したはずだった。

しかし、そのあとに待っていた運命は…………——。

※

「いやぁぁぁぁ〜〜〜〜っ、やめてください！　だ、駄目《だめ》っ、来ないでってば！　こらぁ！」

昼でも薄暗《うすぐら》い、森の中。

その日……冒険者時代の軽装であたりをうろついていたイザヤは、見慣れない光景にぶちあたり、足を止めた。

「いやっ、やだ……もうやめてぇぇっ!!」

青い粘液《ねんえき》状の巨大ナメクジ——『ゼリースラッグ』が、木の根元で這《は》いずっている。

そのすぐ上を見ると、必死の形相で木の枝にぶら下がる少女がひとり。

「あぁぁぁ〜〜〜〜、や、やだ、ちょっ、や、気持ち悪いぃぃぃっっっっ!!」

白い帽子《ぼうし》に、白い服、白いスカート——やたらと白い格好をした少女は、宙ぶらりんの

状態で懸命《けんめい》に足をばたばたさせていた。

ゼリースラッグが下から伸《の》ばしてくる触角《しょっかく》をなんとか蹴飛《けと》ばそうとしているようだが……。

「あ、やっ、駄目です、ちょっと、あっち行って!!」

残念ながらその努力もむなしく、ぬめりのある青い触角が、白いスカートに包まれたお尻《しり》をつんつんする……。

「ひぃっ!? あああぁ〜〜〜〜っっ!? あ、あっち行きなさいってばぁ!!」

あの反応は命の危機を感じているというより、生理的に苦手という感じか？

しかし珍《めずら》しいな、人……それも若い女の子がこの森に来るなんて。

近くには村とも呼べないような集落があるだけで、人里は遠い。大したものも収穫《しゅうかく》できない森なので、誰《だれ》も近寄らないのだが……。

イザヤはとりあえず、ゆっくりと近づいていく。

「いや〜、ひぃ〜〜〜〜っ…………え？ や、あ、ちょっと、そこの人、見ちゃ駄目ですからね!?」

スカートがひらひらしているから、その中のことを言っているのだろうが……イザヤの視線はもとよりもっと上、顔に向いていた。

（……かわいい、じゃないか）

年齢《ねんれい》は十五、六。

さらさらの銀髪に、涼《すず》やかさと愛らしさの両立した顔立ち。

白いコスチュームや、色白の肌《はだ》とあいまって、雪のような清廉《せいれん》さを感じる。

――どう見ても森にいるタイプじゃない。

狩人《かりゅうど》という身なりじゃないし、冒険者でもなさそう。そこらの村人という風情《ふぜい》でもない。

なんというか、見るからに知的なのだ。こんな森には不釣《ふつ》り合《あ》いすぎる。

少し見とれていたイザヤだったが、少女にこんなことを言われて我に返る。

「あの、すみません、黙《だま》ってこっち睨《にら》んでますけど、さしつかえなかったら、その、じゅるじゅるしたの、なんとかっ！」

いやあ、別に睨んではいないんだけど……。

まあ、無理もないか。

イザヤはあまり人相がいいほうではない。はっきり言って強面《こわもて》の部類になる。

逆三角形のシャープな輪郭《りんかく》と鋭《するど》い目つき。動物に例えるなら……狼《おおかみ》か。

「その、黙って睨んでないで、せめて返事くらいは……」

「………」

正直、喋《しゃべ》るのはあまり得意じゃない。

だから、イザヤは——無言のまま少女を助けることにした。

背中の剣《バスタードソード》を右手で抜《ぬ》き放つと、軽《かろ》やかに跳躍《ちょうやく》。

少女がぶら下がっている枝を切り、着地と同時に落下してきた体を抱《だ》きとめた。いわゆるお姫様《ひめさま》だっこの体勢になる。

かすかに甘《あま》い香《かお》りが鼻をくすぐるのと、ゼリースラッグが逃《に》げていくのが、ほとんど同時だった。

「あ…………どう、も……」

きょとん、とイザヤを見上げた少女は、抱きかかえられている状況《じょうきょう》を把握《はあく》したのか、頬をほんの少し染めた。

「あの、ありがとうございます。助かりました。わたし、ああいうじゅるっとしたの、生理的に駄目なんですよ」

「ああ……」

少女は礼を言うと、スカートの裾《すそ》を手で整えながらイザヤの真正面に立った。

あらためてその姿を見ると、背中にバスケットのようなカゴを背負《せお》い、腰《こし》のベルトにいくつものフラスコをくりつけている。

一瞬《いっしゅん》、魔術師？　と顔をしかめたがどうにも雰囲気《ふんいき》が違《ちが》う。だとすると……。

「錬金術師か？」

「ええ、そうです。王都から来ました」

なるほど。

錬金術はさまざまな材料が必要になるらしいから、この森には素材の採取に来たんだろう。

職業柄《しょくぎょうがら》、魔物《まもの》対策のアイテムくらい錬成して持っているだろうし、ひとりでも問題なさそうだ。

イザヤは「じゃあ」とそっけなく言い、剣を鞘におさめて少女に背中を向ける。

かなりかわいい女の子だけど、これ以上コミュニケーションをとる気はなかった。無駄《むだ》に人と関《かか》わるタイプではないのだ。

すると……。

「あ、待ってください」

少女が追いかけてくる気配を背中に感じ、まあ、名乗りくらいはしておくかと振《ふ》り向《む》くと――。

「そこ、ほつれてますよ？」

「え？」

少女が冷静《クール》な顔つきでイザヤの腹あたりを指さしていて……視線を下げると、確かにインナーがちょっとほつれていた。

「わたし、そういうの気になってしまう性質でして。よろしければ修繕《しゅうぜん》いたしますが？」

「いや……」

「脱《ぬ》いでいただけますか？」

「はっ？」

なんだいきなり。

「すぐ終わりますので」

「いや、いい」

この子、さっきとは一転、落ち着いた物腰《ものごし》で妙《みょう》なことを言ってくる……。

ちょっと調子が狂《くる》うというか、とりあえずこれ以上喋る必要はない。住処《すみか》の小屋にとっとと帰ろう。

あらためて少女に背を向け、先ほどより足早に歩き出したイザヤだったが、

「――待ってください」

再び背中に声をかけられて……ぴく、と眉をひそめる。

今度はやけに声のトーンが低いような。

「あなた――さっき、わたしに何しました？」

ぎくりとする。この反応は、まさか……。

「わたしの魔力《まりょく》、増加してるじゃないですか……？」

……しまった！

抱きとめたとき、うっかり「あの力」を発動させていた……。

動揺《どうよう》して振り向いたイザヤの目を、涼しげな瞳がまっすぐ射貫《いぬ》く。

「あなた、何者なんですか？」

※

何者――。
（俺って……どう呼ばれてた？）

かつての職業は「冒険者」。

髪の色が黒だから「黒髪の剣士《けんし》」。

一番多かったのはシンプルに「勇者」。

だが、最後につけられた異名は、

――「破壊の化身」。

それはもう、物騒《ぶっそう》なものだった。


あのとき――。

地下迷宮《めいきゅう》の奥底《おくそこ》で魔王にトドメをさした、あの瞬間。

魔王はイザヤの肉体をのっとろうと「魂《たましい》と魔力を押《お》し付《つ》ける」という暴挙に出てきた。

イザヤの人生初、いやもしかしたら有史初の、魂同士の戦いが発生。

なんとか撃退《げきたい》に成功し、魔王の魂は消滅《しょうめつ》したが、莫大《ばくだい》な魔力はそのままイザヤのものになった。

そこまでは良かったのだ。

地上に戻《もど》って王と謁見《えっけん》したイザヤに、横からあらわれた陰気《いんき》そうな宮廷魔術師《きゅうていまじゅつし》が……。

「魔王と同等の魔力がある。捕《と》らえよ‼」

イザヤはとっさに逃げ出し、差し向けられた追手を魔王の力で粉砕。丘《おか》ひとつを消し飛ばした。

——「破壊の化身」誕生である。

以降、過去を捨て、イザヤ・フレイルと偽名《ぎめい》を使い、ふらふらとさまようようにいくつかの国を渡《わた》り歩《ある》き、西の果ての島国アルリオンにたどりついて……。

森の中で、隠者《いんじゃ》のような暮らしを送っていたのだった。

——ということを、素直《すなお》に言うわけにはいかないので、

「名前はイザヤ・フレイル」

「イザヤさん、ですか。変わった名前ですけど、出身は？」

「メジャイルだ」

ごく最低限のことしか伝えなかった。

「へえ……かなり遠いじゃないですか……」

「まあな」

「わたしはヨーメリア・クレッシェント。周りからはヨメと呼ばれてるんで、良かったらそう呼んでください」

少女――ヨメを救ってから十数分後。

ふたりは森の中を並んで歩き、イザヤの住む小屋に向かっていた。

誘《さそ》ったワケではない。

ついてきちゃったんだもの……。

――「非常に申し訳ありませんが、錬金術師としての探究心があなたを放置してはいけないと告げているのです」

涼やかな声でそうきっぱり言われて……。

まあ、あの力を発動させてしまったし、興味をもたれるのも当然か。

「それでですね、さっきの力ってなんなんですか？」

「俺は……魔力を人に移す力がある」

魔王から魔力を押し付けられたときに、魔力を移す能力も継承《けいしょう》してしまったらしい。

「魔力を移すって、どうやって？」

「触《さわ》る」

「それだけですか？」

「ああ。まあ、ふだんからちょっと漏《も》れてる」

「確かにちょっとだけでしたね、増えた魔力」

「…………」

イザヤは歩きながら、横目でチラッとヨメを見やる。

やっぱり、ゼリースラッグに襲われていたときと違って、だいぶ落ち着いた表情と喋り方《かた》になっている。

顔は凄《すご》くかわいくて、声質も女の子らしく澄《す》んでいるけど、媚《こび》がないというか……顔だちも含《ふく》めた印象を言うなら「クールな猫《ねこ》」か。こっちが素の姿らしい。

ちなみに体のほうはと言うと、まあ、出るところがそれなりに出ている、と言っておく。

「こんな森でひとり生活し、人に魔力を移せる……。ドルイドってふうでもないですし、イザヤさんって何者なんですか？」

結局、また何者かと問われるか。

（……何者なんだろうな、俺）

かつては勇者と呼ばれた冒険者だった。

でも、いまは……。

「まあ、自給自足の暮らしだ」

「お食事は？」

「してる」

「してるってのはわかりますよ。何を口にしてるか聞きたいんです」

「草」

「はぁぁっ？」

よっぽど意表をつかれたようで、ヨメは素《す》っ頓狂《とんきょう》な声を上げた。

「主食が草なんですか？」

「そうだが」

「でも、この森に一応、ご自宅あるんですよね？」

「そうだが」

「料理とかは？」

「しない」

「……。リアルな草食さんというわけですか」

悪かったな。

食べることにこだわりなんてないし、だいたい草はけっこういけるんだぞ？　ダンジョンでも草くらいは生えてたし。

イザヤは唐突《とうとつ》に身をかがめると、足もとの草をむしってもしゃりと頬張《ほおば》った。口いっぱいに青々とした苦みが広がる。

「ちょっと、何してるんですか。お腹壊《なかこわ》しますよ？」

「草はいいぞ。食べるか？」

口で説明するより行動で表現するのがイザヤ流なのだ。

ヨメは呆気《あっけ》にとられたようで、まじまじとイザヤの顔を見上げる。

ちなみに、頭ひとつぶんくらいの身長差がある。

「小屋にいけば塩もあるぞ」

「草に塩…………。なるほど……イザヤさんすみません、止まってもらえます？」

「？」

ヨメは不意に立ち止まると、イザヤの正面に立つ。

「やっぱり、助けてもらったお礼させてくださいよ。わたしらしく、かつ、イザヤさんにとっても有意義と言える方法があります」

「……そんなのあるのか？」

イザヤの問いに、ヨメは涼しげな顔をほんのかすかにほころばせる。

「はい。だって、わたし……錬金術師ですから」

錬金術師。

物質の元素《エレメント》を変換《へんかん》・結合して、別の物質に作りかえる。

その術はもともとキッチンから発展したとかで、女性が多いらしい。

イザヤは、いままでほとんど接したことがない人種である。

錬金術師の前に美少女、とつくような子ならなおさらである。

「そうですね……何がいいでしょうね……」

ヨメは足を止めると、白くて丸みのある容器——錬金ポットを取り出して地面に設置した。

三脚《さんきゃく》がついており、その下に火をつけてポットを沸騰《ふっとう》させる。

いったい何がはじまるんだ？

「……草に味をつけるとしたら……アレにしますか」

ヨメはベルトにくくりつけているフラスコを取り外すと、液体や粉をポットの中に投入していく。

「男の人にじっと見られながら錬成《れんせい》するのは初めてですよ。率直《そっちょく》に言いますと、けっこう照れますね」

ヨメはそんなことを言いつつ、両手をポットの上に差し出す。

たちまち手の平がエメラルド色に輝きだし、同時に錬金ポットがガタガタと揺《ゆ》れ出して

——。

閃光《せんこう》。

光が収まったあと、錬金ポットにはなんの変化もなかったが……。

ヨメがポットのふたを開けると、どろっとした白いクリーム状のものが、容器の半分くらいまで詰《つ》まっていた。

「なんだそれ？」

「これ、ハーブタルタル……タルタルソースの一種です」

「ハーブタルタル……」

「塩だけじゃ飽《あ》きるでしょうから、草に塗《ぬ》っていただければと」

くんくんと鼻をならすと、確かにハーブの香りがする。

「凄いな。錬金術ってなんでも作れるのか？」

「いえ、限度はあります。大きさとか、材質とか」

「へえ……」

イザヤが興味深い目でハーブタルタルを見つめていると、

「よろしければ……さっそく塗って食べてみますか？」

「え……ああ」

ヨメに草を手渡《てわた》すと、木のスプーンでタルタルをたっぷりと盛りつけた。

「くれ」

「あ、いえ。タルタルこぼれそうなんで、そのまま口をあけてください」

少し恥《は》ずかしい気もするが……まあいい。

イザヤが口をあけると、ヨメが「どうぞ」とハーブタルタルつきの草を近づけてきて
……。

ぱくり。

…………………………これは！

タルタルのトロッとした食感、かすかに感じるハーブの香り……それらが食べ慣れた草の味と調和し、未知の味覚が舌全体に広がっていく……。

「お口に合いましたか？」

イザヤの感想が気になるのか、ヨメからほんのちょっとだけソワソワした感が出る。

こういうところは普通《ふつう》の女の子っぽい反応だなと思いつつ、

「(こくこく)」

「おいしい、ということですか？」

「(こくこく)」

「それは良かったです」

嬉《うれ》しかったのか、ヨメの涼しげな瞳がかすかに細まった。

――って、なんだこの状況は⁉

森の中で美少女錬金術師に手渡しでハーブタルタルとかいう物体のついた草を食べさせられ、感想を表明しているとは……。

人生何が起きるかわかんないな。

「……それじゃあ、お住まいに向かいましょうか。まだまだ先なんですよね？」

「いや、実は」

草を食べきったイザヤは、森の奥《おく》を指さす。

「もう見えてる」

イザヤの指先をまっすぐたどっていくと……。

うっそうとした樹木の合間に、ログハウス風の小屋がたたずんでいるのが見えた。

「おじゃまします……って……」

「…………」

「イザヤさん、あなた……」

「なんだ」

「片付けられない男子ですね？」

「う……」

場所は変わって小屋の入り口。

イザヤが扉《とびら》を開けたとたん、中を覗《のぞ》き込んだヨメが少し呆《あき》れた顔になった。

まあしかたない。

部屋中に木材、衣類、食器……いろんなものがバラまかれているのだから。

だって、女の子が来るなんて夢想もしなかったし……。

「せっかくご立派な小屋建てても、これじゃ居心地《いごこち》悪いじゃないですか？」

「そんなことはない」

「あれですか？　どこに何があるかはわかってる、こういうふうに『配置』している、って言うんですか？」

「……なんでわかった？」

「身内にいるんですよ、そういう人が」

ヨメは中をじっと見て――ふむふむ、と何か算段するような顔でうなずきだした。

今度はなんだ？　何を言い出す気だ？

「さて……、わたしは素材を採取するのでそろそろ」

あ、帰るのか。少し拍子抜《ひょうしぬ》けした。

まあようやくひとりになれるし、落ち着いてあれを作れる。

イザヤがちらっと下を向くと、ヨメもその視線を追って床に目を向け……。

「あら？　なんですかそれ？」

ドアの近くに薄手《うすで》の布がしかれ、ちまっとした木彫《きぼ》りの人形が並んでいる。

犬、猫、狐《きつね》、馬……。デフォルメされた動物たちである。

――その子たちに気づいたか！

「ドルイドだったら呪術的《じゅじゅつてき》な道具かなとも思いますけど、こんな様式のものは聞いたことないですし、そもそもイザヤさんドルイドじゃないみたいですし……」

イザヤは誇らしげに胸を張り、テンション高めに答える。

「その子たちはぷちあにさんシリーズと言う」

「ぷちあにさん、シリーズ……？」

「木工が趣味《しゅみ》でな。俺の自作品だ」

「あ、そうですか……」

「ちなみに『ぷちあに』は『ぷちあにまる』の略だ」

「はぁ」

イザヤは一番前にあったうさぎの人形を拾って、どうだとばかりグイッと突《つ》き出す。

「この子はうさぎだからうさあにさんだ」

「それじゃ、うさぎのアニキみたいなような……」

………。

なんか、あんまりかんばしくない反応だな。

もっとこう、「わあ、凄いですね！　かわいい～♪」的な反応が来ると思ったのに。

「ああそうか……。もっとリアルなものが好みなんだな？」

「え？　いや、別にそうは言わないっていうか特に言及《げんきゅう》することもないっていうか」

「すまんな。俺が作るとどうしても……かわいくなる」

リアルな造形に憧《あこが》れはあるが……技術とセンス的にこうなってしまうのだ。

言われたヨメは、ちんまり並んだぷちあにさんたちをじいっと見つめて……おい待て。

そんなに凝視《ぎょうし》されたら作りの未熟さを見抜《みぬ》かれちゃうじゃないか！

「あまりジロジロ眺《なが》めるな」

狼みたいな強面を、ほんのわずか火照《ほて》らせるイザヤ。

ヨメは、今度はイザヤの顔をじっくりと見て、ものすごく興味深い研究対象を発見した、

みたいな顔つきになって、

「森で草を食べて、かわいい人形つくって、ひとり暮らし満喫《まんきつ》中……ですか」

「……イザヤさんって、変な人ですね」

※

変な人ってなんじゃい。

そう思ったが口にするのもなんなんで黙っていると、ヨメは錬成のインスピレーションが湧《わ》きましたとかどうとか言って、速攻《そっこう》で立ち去っていった。

（なんだったんだあの子は……？）

故郷を離《はな》れて一年と少し。

人と関わらず生きてきたが、たまにはこういうイベントも発生するようだ。

もっとも、別にそれで何かが変わるわけでもない。

（もう二度と会うこともないしな）

そう、二度と……。

「おはようございます、イザヤさん。いい天気ですね」

翌朝。

イザヤがとっておきの乾《かん》パンをかじりながら木材をとるため外に出ると、ヨメがかすかに微笑《ほほえ》んで立っていた。

木々の合間から差し込む朝日を浴びて、さらさらの銀髪《ぎんぱつ》が輝《かがや》いている。

「あれ、パンもあるじゃないですか。だいぶ干《ひ》からびてますけど」

「………………」

「あ……髪《かみ》の毛《け》、けっこう寝癖《ねぐせ》ついてますね。わたし直しましょうか？」

「………………」

「ところでお出かけですか？　よかったら先に片付けをすませたいんですが」

「………………」

クールな顔で、淡々《たんたん》とたたみかけられる。

イザヤはとりあえず、かじっている乾パンをもしゃもしゃ……ごくんと食べきり、さらに、ふう、と一息ついてから、

「どういう……ことだ？」

「散らかっていたので、掃除《そうじ》しようと思いまして」

「王都に戻ってまた来たのか？」

「いえ、採取のため近くの集落に宿とってるんですよ」

「………」

イザヤが沈黙《ちんもく》すると、ヨメはその猫っぽい顔を近づけてきて、

「まあ、思ったことはわかりますよ。お節介《せっかい》って言いたいんですよね？　でも、無理です。無理。イザヤさんの身体的な衛生面および精神的な衛生面からも、これはちょっと、ほっとけないです」

ほっとけない。

なるほどこの子はただの猫じゃなかった。世話好きの猫だ。

ふと、白いメス猫が、オス狼の寝床《ねどこ》にやってきて、甲斐甲斐《かいがい》しく面倒《めんどう》をみようとする絵面が浮《う》かぶ……。

「いいですか、木のクズって吸うと体に良くないんですよ？　カビも放置すると体によくありませんからね？　ということでお邪魔《じゃま》します」

「あ、こらっ」

隙《すき》をついて部屋に入りこまれる。

ヨメは白い帽子をとると、三角巾《さんかくきん》をかぶって、

「イザヤさんはお外で遊んでいてもいいですよ。いないほうがはかどりますし」

「ここは俺《おれ》んちだぞ……って、あ、ぷちあにさんの周りはやらなくていいって!!」

さくっと掃除をして、昼前には帰っていった。

(なんだったんだいったい?)

小屋はだいぶきれいになったが……困惑《こんわく》する。

まあ、しかし、さすがにもう会うこともないだろう。

そう、二度と……。


「おはようございます、イザヤさん。今日はちょっと天気悪いですね」


翌朝。

小屋の入り口で、イザヤは昨日の行動をトレースした。

つまり、かじっていた乾パンを食べきって、ひと息ついてから、

「どういう……ことだ?」

「今日も素材採取に来たんで、ついでに掃除の続きをしようかと」

「じゅうぶんきれいだろ……」

「いえいえ、これからが本番ですよ。イザヤさんにいま以上の健康的かつ人類的な生活を送っていただくためにも、少しも手は抜けません」

「俺はいまでも人類だが……」

ヨメは木材を徹底的《てっていてき》に片付け、服をたたみ、カビをとり、完璧《かんぺき》といっていいくらいキレイに仕上げて、昼前には帰っていった。

さらに、翌朝。

イザヤはもう寝起《ねお》きから気が気じゃなかった。

（今日も出現するんじゃないか……？）

身構えながら朝食の草を食べ終わったが……ヨメはあらわれなかった。

その後、黙々《もくもく》とぷちあにさんを彫《ほ》り込んだが、ヨメはあらわれなかった。

お昼、とってておきのどんぐりをモグモグと食べ、ひと息ついても、ヨメはあらわれなかった。

そっか。昨日、おとといと来たのは気まぐれだったたか……。

さすがに、もう会うことはないはず。

今度こそ、二度と……。

「おそようございます、イザヤさん。今日は少し遅《おそ》くなりました」

「…………」

イザヤは、左手に作りかけのリス型ぷちあにさんを持ち、右手に木彫り用のナイフを持ったまま、固まってしまった。

換気《かんき》のため扉を開けていたから、いきなりぬっ、と侵入《しんにゅう》されてしまう。

「あ、おい、ぬっと入ってくるな！」

「ぬっ、てひどいですね。わたしそんなもっさりしてませんよ。さっ、とか、すっ、に訂《てい》正《せい》してくださいよ」

「…………。今日はなんだ？」

「コレですよ。お口に合うといいんですが」

言うと、ヨメは手にしていたバスケットを差し出してきた。

「さっきどんぐり食ったばかりなんだが」

「はい。でも……どんぐりでお腹《なか》いっぱいになってますか？」

この暮らしになってから、満腹まで何かを食べたことなんてない。

「まあ無理に食べてとは言いませんよ。わたしもそこまで強引《ごういん》ではありませんので」

そう言いつつも、食べてほしそうなオーラを感じる……。

イザヤがバスケットを受け取ってフタを開けると、小麦色をした四角形の食べ物が、四つ並んでいた。パンに似ているが、どうも違うような……。

「それ、ミートパイです」

「みーとぱい……？」

「その反応。イザヤさんパイ自体知らないでしょう？」

「う、うるさい。食い物なんて冒険者《ぼうけんしゃ》の携帯食《けいたいしょく》があればいいんだ」

イザヤはとりあえず、ミートパイをひとつつまんで鼻先にぶらさげる。

「これ……どうやって食うんだ？」

「普通にかじってください」

「普通にかじる……？」

なんだか緊張《きんちょう》してきた。

パイなんて食べるのは生まれて初めてだし、ヨメの猫っぽい瞳《ひとみ》にじっと見られてるし……。魔物を狩《か》るほうがよっぽど気楽だぞ……。

「ふふ……やっぱり世話のやけそうな人ですね。わたしが食べさせてあげましょうか？」

「い、いい。ひとりで食べられる！」

イザヤは首を振ると、目をぎゅっとつぶってパイを口の中に突っ込んだ。

さくっとした食感のあと、舌全体に肉の風味が広がって……。

これは——うまい！

もぐもぐ、んぐっ……。

むさぼるようにたいらげて、バスケットに入っていた四個のパイは一瞬でなくなってしまった。

「……凄い勢いでしたね」

「これがミートパイ……」

ハーブタルタルといい、ミートパイといい、完全に新しい世界だった。

なんというか微妙《びみょう》に女の子っぽいチョイスな気がするし、たぶん、イザヤには一生縁《えん》がないはずだった食べ物。

こういうのも、いいじゃないか……。

「ふふ……お気《き》に召《め》したなら良かったです」

イザヤの食べる様子を見ていたヨメは、嬉しそうというか、なんだか妙に優《やさ》しげだった。

「世界にはいろんな食い物があるんだな」

「ええ。……でも、こんなの小手調べみたいなものですよ？　出来たてはもっと美味《おい》しいですし」

「もっと美味しい……だと？」

「はい。だから……」

そこでヨメは何かを言いかけるが、眉を八の字気味にして一度言葉を呑《の》んだ。

数秒の沈黙後、意を決したような顔になり——。

「わたしの工房《こうぼう》、行きましょうか」

「…………………………は？」

さすがに勇気のいる提案だったのか、ヨメはかすかに頬《ほお》を染めて、

「料理も錬金術《れんきんじゅつ》も、キッチンから発展しました。工房のキッチン、そこにはひとつの真理があります。つまり、キッチンを使ってわたしの本気料理をイザヤさんに披露《ひろう》したいということなんです」

「いやでも……それは」

「イザヤさん、もったいないですよ。もう少し食にこだわるべきだと思うんです。健康的な観点というのもありますけど、人生を豊かにするという観点からも」

「…………」

「それには、イザヤさんの内面に錬金術的変化をもたらすというか、天変地異というか、とにかく価値観が一変するような体験をしていただく必要があります。そのためにわたしができることと言ったら、工房に招いてごはんを振《ふ》る舞《ま》う、それしかないのです」

天変地異なんて簡単に起こったら困るんだが……。

驚《おどろ》くイザヤに向け、ヨメはかすかにはにかんで、

「考えるより行動するほうがいいときもあります。ということで今日中に出発しましょう……ね？」

今日中……⁉

イザヤは少し呆然《ぼうぜん》としつつ、どうしたものか自問する。

確かにヨメの言うように、もったいないことをしてきたかもしれない。

うまいものを味わうことだけでなく、何かを誰《だれ》かと一緒《いっしょ》に食う、その行為《こうい》も、けっこう楽しいような気がするし……。

死んだ祖父《じいちゃん》は知らない相手には簡単についていくなと言っていたが、ヨメはもう知らな

い仲というワケでもないし。

だったら……。

（ヨメの工房か……）

どんなとこなんだ？

※

アルリオン王国・王都アルリーフ。

ヨメの工房は、この大都市の片隅《かたすみ》にあるらしい。

森を出発したふたりは、翌日の昼すぎにアルリーフに到着《とうちゃく》。

王宮の尖塔《せんとう》を遠目に見つつ、煉瓦《れんが》造《づく》りの建物が並ぶ大通りを通過し、トリスタン通りという通りにやってきていた。

ここはちょっとした商店街で、道の両側に多様なお店が連なり人で賑《にぎ》わっている。

歩いているのはいかにも西方人という容姿のアルリオン人が多い。東方の血が若干《じゃっかん》入っているイザヤは少し浮くが、都会だけあってさほど悪目立ちはしなそうだ。

さて。ヨメの工房はこの通りにあるらしいので、あと少しで到着……なのだが。

午後の日差しを浴びながら歩いていると、ヨメがこんなことを言い出した。

「イザヤさん。今夜さっそく料理をふるまいたいので、食材を購入《こうにゅう》していきたいのですが」

「明日でいいんじゃないか？」

「時は有限ですし、善は急げの精神は大切ですし」

「じゃあ俺は買い終わるの待ってるか」

「……イザヤさんがはぐれて迷子になり、人さらいにでも連れて行かれたら取り返しがつかないじゃないですか？　わたしと一緒に見て回るのが最適解でしょう」

独特の言い回しで一緒に買い物してほしいとおねだりされる。

ということでヨメと店めぐりをはじめたが、目的が食材なので、行き先は肉屋や食料雑貨屋、青果を売ってる露店《ろてん》……。

（武器屋とか木工品屋行きたい……）

正直、イザヤはあんまり興味をもてないのだが、ヨメはちょっとだけイキイキして、

「イザヤさん、果物は何がお好きですか？」「イザヤさん、野菜は何がお好きですか？」

適当にいくつか答えていると、最後に来たのがこんな質問。

「イザヤさん、食べられないものはありますか？」

「ない」

「それは良いですね。もしあると言ったら、むしろその食材をたっぷり使って、偏食《へんしょく》を直していただくという腹案もありましたが」

怖《こわ》い怖い。何気ない会話にトラップがしかけられてる。

そんな調子で買い物を続け、露店でカラフルな果物たちを物色していたとき……。

「あ～っ、ヨメお姉ちゃんだ」

突然《とつぜん》、五、六歳《さい》くらいの女の子に声をかけられた。

「あ、チェルシーちゃん。こんにちは」

「うん。ヨメお姉ちゃん、こんにちは！」

たちまちヨメが目尻《めじり》を下げ、ふだんより優しげな雰囲気《ふんいき》になる。

知り合いのようだが……？

「ねえねえヨメお姉ちゃん。このおじちゃんって、だれ？」

「お、おじちゃん……だと？」

すぐに女の子の後ろにいた母親らしき女性がたしなめる。

「こらチェルシー、このくらいの人はお兄さんっていうのよ。おじちゃんっていうのはパパくらいの人から言うの」

「そっかー、おじちゃん、ごめんねー」

「………」

良くわかっていないだけだと思いたい……。

「イザヤさん、こちらはリトルトンさんと娘のチェルシーちゃんです。うちの常連さんで、近所のパン屋さんなんですよ」

「常連……錬金術師って、何か売るのか？」

「ええ。依頼《いらい》を受けて錬成して、生計たててますね」

「ヨメちゃんには娘《むすめ》のチェルシーがお世話になってて。薬を作って貰《もら》ってるんですよ」

娘の体が弱く、ヨメが定期的にポーションを錬成しているらしい。

「チェルシーちゃん、お変わりありませんか？」

「はい、ヨメ先生。お変わりありません！」

ヨメは身をかがめ、チェルシーの頭をなでる。

その表情が……けっこう意外だった。

ニコニコというほどではないが、柔和《にゅうわ》に微笑んでいて……クールな猫から優しい母猫さんにクラスチェンジしてるじゃないか。

（へえ……けっこう子供好きなのか）

リトルトン母娘とヨメ・イザヤ、それぞれひとしきり挨拶《あいさつ》をして、

「じゃーーヨメお姉ちゃんと彼氏《かれし》のおじちゃん、ばいばーい!!」

「ヨメちゃん、そちらの方との健闘祈《けんとういの》ってます。ふふふ」

娘は屈託《くったく》のない笑顔《えがお》を、母親は含みのある笑顔を浮かべて立ち去っていく。

「なんか関係を誤解されてそうだな」

「男女ふたりでいたら、しかたのないことじゃないですか、はい」

ヨメは大きく表情を変えることはなかったものの、眉《まゆ》を八の字気味にして、やや照れていた。

イザヤの世話は積極的にやこうとするヨメだが、本質的には男女の関係に慣れていないのかもしれない。


買い物を済ませ、あらためて工房に向かうこと数分。

トリスタン通りの端《はし》、T字路のつきあたりまでやってきた。

「イザヤさん見えました。あれです。あれがわたしの工房です」

ヨメが指さした建物は、つきあたりにある——杏《アプリコット》色のキノコ。

もちろん本物のキノコではなく、キノコのような三角錐《さんかくすい》の屋根をもっている、ということだが。

ちなみに庭もあり、木の囲いの隙間《すきま》から手入れされた花壇《かだん》が見えた。建て付けはけっこうしっかりしてるんですよ」

「おばあちゃんの代からあるんでちょっと古いですけど……。建て付けはけっこうしっかりしてるんですよ」

「良い工房なんじゃないか？」

「それはありがとうございます。じゃあ、行きましょうか」

ヨメは言って、囲いの門に向かおうとするが……。

「…………あっ!!」

突然《とつぜん》叫《さけ》び、足を止める。

白い顔から少し血の気が引いていて……なんだ？　よほどのことが起きたのか？

「イザヤさんすみません……。わたし、パセリ買い忘れました……」

「え？　パセリ？」

「ちょっと買って来ますから、イザヤさんこの場所絶対動かないでくださいね。わたし、買ったらすぐ戻《もど》ってきますから」

「いや、一品くらい別に……」

「繰《く》り返《かえ》しますけど動いちゃ駄目《だめ》ですよ。足を鉄にして地面に埋《う》めるつもりでいてください。迷子になったら大変ですからね？」

ヨメは念を押《お》すと、白いスカートをひらひらさせながら、来た道を足早に引き返していってしまった。

「…………」

イザヤはひとりぼうっと道端《みちばた》に突っ立《た》つ。

迷子にはなりたくないので、言われた通り、直立不動気味である。

ゴールの工房はもう目と鼻の先だっていうのに……。

食材ひとつくらい抜《ぬ》けててもいいだろうと思うが、ヨメは完璧主義なのかもしれない。

錬金術師って、凝《こ》り性《しよう》多そうだし。小屋も完璧に片付けてくれてたし、絶対そうだろう。

と、そんなことを考えていると……。

「にいちゃん、にいちゃん……」

しゃがれた声を不意にかけられて横を見ると、鶏《とり》ガラみたいに痩《や》せた男がニヤニヤ笑っている。

「あんた、田舎《いなか》から出てきただろ？　王都の流行《はや》り知りたくねえかい？」

「流行《はや》り？」

「ああ。俺、錬金術師でさ。流行《はや》りもの、錬成してイロイロもってんのよ。たとえばドリアードの香水《こうすい》。いまならアルリオン銀貨五十枚で譲《ゆず》ってやるぜ？」

はぁ……。またわかりやすい手合いがあらわれた。

錬金術師なんて言ってるが、どう見たってニセモノだろう。

（都会は厄介だな、やっぱり……）

男はあろうことかヨメの工房を指さして、俺、そこの工房の主でさ、なんてうそぶく。

おいおい、とイザヤが顔をしかめた、そのとき――。

「あら、錬金術師でしたら、認可《にんか》を受けてらっしゃるのでしょうね？」

凛《りん》とした声とともに、カツン、カツン、と硬《かた》い靴音《くつおと》が響《ひび》き渡《わた》った。

振り向《む》くとそこにいたのは……女剣士《けんし》？

年齢《ねんれい》はイザヤと同じか少し上くらい。

ふんわり波打つロングヘアーと肉感的なスタイルはとても色っぽいのだが、軍服《フロック》風の衣装と腰《こし》にぶら下げた細剣《レイピア》はものものしい。

ぴしっと伸《の》びた背筋や、謹厳《きんげん》そうな雰囲気から見ても、ただの一般《いっぱん》市民じゃないようだが……何者だろう？

とたん、男が怯《おび》え始めて、

「……あんた、まさか……スト……スト……」

「ええ。《突風《ストームウインド》》、そんな二つ名で呼ばれることもありますね」

「ひ、ひえっ、やっぱり……」

「正しくは王立監査官《かんさかん》エリカ・ベルモンド。監査担当は錬金術師です」

エリカと名乗った少女は、端整《たんせい》な顔に凄《すご》みを漂《ただよ》わせ、威圧《いあつ》感たっぷりに男を睨《にら》みつける。

「あなた、錬金術師ということですが初めてお目にかかりますね？　ちなみに、あちらの工房の主とは、私、知り合いなんですけれども？」

「え、ええっ⁉」

「詐欺罪《さぎざい》は投獄《とうごく》。場合によっては――処断」

「……⁉　ひ、ひぃやぁぁぁぁぁぁぁぁぁぁぁぁっ‼」

エリカが腰の細剣《レイピア》に手をかけると、男はねずみみたいな素早《すばや》さで路地裏へ逃《に》げていった。

その背中を険しい顔で睨みつけていたエリカだったが、フッと表情を和《やわ》らげると、

「失礼いたしました。王都は都会だけあってああいう屑《くず》のような輩《やから》がたくさんいます。どうかお気をつけて」

「ああ……どうも」

エリカはイザヤに軽く会釈《えしやく》をすると、栗色《くりいろ》のロングヘアーをなびかせて、ヨメの工房のほうに歩いていく。

毅然《きぜん》。凜然《りんぜん》。威風堂々《いふうどうどう》。

そんな言葉が似合う、細剣《レイピア》使いのお役人様だった。

それはいいのだが……イザヤが気になったのは、この一言。

――ちなみに、あちらの工房の主とは、私、知り合いなんですけれども？

と、いうことは……。

「あれ……？　エリカお姉ちゃん？」

ちょうどそのときヨメが戻ってきて――。

瞬間《しゆんかん》。

《突風《ストームウインド》》とかいう異名をもつらしい、凜々《りり》しくて、ちょっと怖いお姉さんふうの王立監査官エリカ・ベルモンドは――――。

「あっらぁ～～～～～～～～～～～ん、ヨメちゃんっ♥」

デレッデレに頬をゆるませた。

くるりと振り向くと、飼い主にじゃれつく犬みたいにヨメの前へ駆《か》け寄《よ》っていき、

「ちょうど良かった♪　お姉ちゃんいまね、ヨメちゃんそろそろ採取から帰ってくるだろうから、工房に顔出しちゃおう！　……って、やってきたところだったんです♪」

「はあ……」

「そしたら、そちらの男性が小悪党に絡《から》まれていて……」

「イザヤさんが？」

「あら、イザヤさんっていうの。そう、そのイザヤさん……が…………」

エリカがぴく、とこめかみを震《ふる》わせみるみる顔色を変えていく。

「……。あ、あの、ヨメちゃん。もしかして…………、こちらの男性と、お知り合いなの……？」

「はい」

たちまちエリカはちょっと泣きそうな顔になって、

「まさか、まさかと思いますけど！　この男性を工房に連れ込もうとしてるんじゃありませんよね？　…………あっ、ごめんなさい。答えなくてけっこうです。だって、まさかヨメちゃんがそんなことするわけ……」

「いえ、そうですけど……。連れ込むという表現は訂正してほしいですが」

「なぁんってすってぇぇぇぇぇぇぇぇーーーーーーーーーーっ!?」

耳がきーんとなる大絶叫《だいぜっきょう》。

イザヤはつい首をすくめ、ヨメはちょっと呆れた顔になる。

「ど、ど、どこで知り合ったのっっっ!?」

「森ですよ」

「も、森っ!?　森って……。えぇっっっ!?　森って、なにそれ、え、森って、なんなんですかっ……!?」

「木がたくさんあるのが森ですが」

「そうじゃなくって!!　ヨメちゃんあなた、森で拾った男の人を工房に連れ込むって……。

ほう……ほうほう……ほうほうほう……ほうっ!!」

エリカは仁王《におう》立ちになると、イザヤとヨメを両手でビシッと指さして、

「監査しますっ！　お姉ちゃんいまから、あなたたちを臨時監査しますからねっっ!?」

エリカ・ベルモンド。十九歳。

騎士《きし》や官僚《かんりょう》を多く輩出《はいしゅつ》してきたベルモンド家の長女で、王国の錬金術担当者として働いている。

この人は言うなら……ヨメの偽姉《もどき》である。

お姉ちゃん、お姉ちゃんと言っているが、血はつながっていない。

そもそも、ヨメにはもう近い血縁者《けつえんしゃ》はひとりも残っていないのだ。

九年も前に、錬金術師だった母と冒険者だった父を同時に失っている。

その後、父の親戚《しんせき》であるベルモンド家にひきとられ、おとしまでそこで暮らしていた。

三歳年上のエリカとは、姉妹のような関係で育ったらしい。

そのお姉ちゃん役であるエリカが――ぷんぷんに怒《おこ》っていた。

「ヨメちゃん！　おばあさんもおかあさんも天国で怒ってるって、わかってます⁉」

場所は移って、工房の中。

玄関《げんかん》から入ってすぐの、大きな広間。

部屋の中央にある、白いクロスがかけられたテーブルを三人で囲んでいる。

エリカはしきりに壁《かべ》を指さしていて、指先を追うと、繊細《せんさい》な模様のついた円筒形の大釜――錬金炉《ろ》がある。

その斜《なな》め上《うえ》の壁に、女性の肖像画《しょうぞうが》がふたつ。

この工房を代々営んできた錬金術師――ヨメの母と祖母だ。

「ほらほらほら!!　ふたりとも怒ってるでしょ!!」

「絵の表情は変わりませんよ……」

「じゃあお姉ちゃんがかわりに怒っちゃいます。男の人連れ込むって……納得《なっとく》いく説明なかったら、お姉ちゃん大っっっっっっ暴れしますからね!?」

ヨメが参ったな、という顔で答える。

「イザヤさんの食生活が悲惨《ひさん》すぎるんで、ごちそうしようと招待したんですよ。他意はありません」

「も、もうっ。だからって男の人持って帰ってきちゃうなんて……昔っから猫《ねこ》ちゃん犬ちゃん拾ってきちゃう子だったけど……ほんとお節介なんだから……」

エリカは呆《あき》れ顔《がお》になったが、すぐに笑って、

「わかりました！　お料理、お姉ちゃんが作ります。この……イザヤ、さん？　ベルモンドのお家に招待しちゃいましょう♪」

ぱんっと手を叩《たた》くエリカに、ヨメが少しジトっとした目を向ける。

「エリカお姉ちゃん、自分で食事の用意なんてしたことあります？」

「う……。お、お姉ちゃんは王立監査官だからしょうがないでしょう？　もうとーっても

忙《いそが》しいの！」

「ちっちゃい頃《ころ》からそうだったような……」

「う、う……」

「服は脱《ぬ》いだら脱ぎっぱなしだし、部屋は散らかし放題だし……。言いたくないですけど、わたしがちょっとお節介になったのは、エリカお姉ちゃんの世話をするのが癖《くせ》になったからなんですからね？」

「う、う、う……」

「……。ところでエリカお姉ちゃん、監査に行かなくていいんですか？」

「そ、そうですけど、でもこのままいなくなったらふたりで何するか……きっとふしだらでおみだらな…………駄目です！　お姉ちゃん、そんなの、ぜーーーーーったいに許しません!!」

エリカは勢いよく立ち上がると、イザヤを睨みつけて、

「ま、また明日来ますから！　イザヤさん、あなたヨメちゃんに変なことしたら私の細剣《レイピア》がうなりますからね！　わかりましたね!?」

言うだけ言うと玄関から全速力で駆け出《だ》していった。まさに《突風》。

すぐにヨメがすまなそうに眉尻《まゆじり》を下げて、

「すみません……うるさい人で」

「いや……」

微苦笑《びくしょう》を返す。案じてくれる身内がいるのはいいことじゃないか？

「さて、台風も過ぎましたし、わたしはさっそく料理にとりかかります。イザヤさんの価値観を一変させる勝負どころがやってきましたから……ご期待ください」

※

数時間後。夜。

「それでは、いただきましょうか」

「……こ、これは……」

広間のテーブル上に顕現《けんげん》した光景は……。

なんか肉の入ったシチューっぽいものとか、卵を揚《あ》げたよくわからん料理とか、赤い野菜の浮いたスープとか、弾力性《だんりょくせい》のあるつるんとした物体とか、トマトとレタスのサラダとか（これはさすがにわかった）、その他いろいろ。

ずらりと並ぶアルリオンの家庭料理たち。

ヨメは食にウブなイザヤに対し、容赦《ようしゃ》せずいきなりの全力で襲《おそ》いかかってきたのだった。

「す……すごいな……」

「イザヤさんの内宇宙を根元的に変容させる必要がありますので、まあこれくらいは最低限かと」

「いつもこんななのか……？」

「いえいえ。さすがにふだんはもっと質素ですよ？　今夜は特別ということで」

「とにかく料理得意なんだな？」

「まあ、おばあちゃん、おかあさん譲りでして……錬金術にも通じる部分ありますし」

「そうか……」

「で、さらにですね。お客さんの来た夜は、うちではこういうものを供するのが慣例なんですよ」

言うとヨメは瓶《びん》を取り出し、イザヤの前においてあるグラスに注ぎ込んだ。

「これ、『生命の水《アクア・ヴィテ》』といって錬金術で作った飲み物なんです。ぜひどうぞ」

「酒か？」

「まあ……そこは想像にお任せします」

ヨメはぼかしたが、別に酒を飲んでも問題はない。

アルリオンには飲酒の年齢規制はなく、十代半ばにもなれば少しはたしなむのが当然なのだ。

「じゃあイザヤさん、乾杯《かんぱい》でもいたしましょうか？」

「何に？」

「わたしたちの出会いに、とか？」

「照れくさいこと言うな……」

「わかってますよ、こじつけですから、こじつけ」

カツン、とグラスを合わせて口をつける。

これ、酒……か？　水みたいであまり味がしないが。ほんとはただの水では？

そんな感想を抱《いだ》きつつ、ヨメの白いのどが『生命の水《アクア・ヴィテ》』をこく、こくと飲んでいく様子を見つめる。

それにしても……。

女の子と一緒に、しかも相手の住まいで、ふたりきりで夕食か。

言うまでも無く人生初のシチュエーションなので、ちょっと落ち着かない。

つい視線をさまよわせてしまって、ふと、壁際《かべぎわ》にある錬金炉に目がすいよせられる。

「イザヤさん、この『生命の水《アクア・ヴィテ》』、その錬金炉で作ったんですよ」

「錬金ポットとは違《ちが》うのか？」

「魔力《まりよく》の消耗《しょうもう》が違いますね。錬金炉のほうが消耗を抑《おさ》えられるんですよ」

「なるほどな……」

イザヤがうなずくと、ヨメはやや遠い目になり、

「そこの錬金炉でおかあさんがよくポーションを錬成《れんせい》してました。おかあさんはおばあちゃん譲りで魔力も高かったんですよね……」

「おふくろさん、ポーション得意だったのか？」

「ええ。薬品錬成の専門家でしたから、おかあさんも、おばあちゃんも」

「へえ……」

「わたしも薬の錬成は得意なんで……まあ……なんていうか……こく」

ヨメは『生命の水《アクア・ヴイテ》』を飲み干すと、涼《すず》しげな瞳をやたら熱くさせて、こんなことを言う。

「ふたりのように人を救う。それがわたしの使命だと思ってます。この工房の、錬金術師として」

そうか。

亡《な》き母たちの遺志を継《つ》ぐ……うん。いい話じゃないだろうか。

がんばれ、と内心で応援《おうえん》するイザヤだったが……ちょっと気になることがある。

「……ふぅ」

ヨメがやたらなまめかしい吐息《といき》を吐《は》き出している。

頬も赤らみだしていて……。

まなざしがずいぶん熱いのは、熱い思いを語ったからだけではないらしい。

「酔《よ》ったか？」

「ふぁあ？　ないですよ。わたしけっこー強いはずれすから」

おいおい、明らかにろれつが変だぞ？

イザヤにはただの水にしか感じないが、ヨメってもしかして超がつくほど酒に弱いんじゃや？

「『生命の水《アクア・ヴィテ》』、飲んだことあるのか？」

「……実は初めてれす」

「酒は？」

「ないれす」

「…………」

「だって、おかあさんとおばあちゃんは、お客さん来たら一緒に『生命の水《アクア・ヴィテ》』飲んれましたから。わたしだけしないわけ、いかないりゃないれすか」

「そ、そうか」

「ふたりともお酒強かったし、ちゃんと遺伝してたら、わたしらっれ、つよいはずですお」

ヨメは首筋まで真っ赤になって、目がとろんとしはじめた。

まともにしゃべれなくなってるし、いったん休憩《きゅうけい》したほうがと思ったが、しかし、ヨメは話を止めようとしない。

「ところで話は変わりましゅけどね…………わたし、まえ、エリカお姉ちゃんにこんなこと言われたことあるんれす」

「なんだ？」

「『ヨメちゃんはもしかしたら娼婦《しょうふ》に向いてるかも』」


——!?


どきっとするイザヤ。

とたん、ヨメの目があやしく輝《かがや》きだして……。

「わらしは物腰《ものごし》はクールだけど、根は人を喜ばせることに喜び感じるタイプだからだとか言われて……確かにお客さん笑顔になってくれると嬉《うれ》しいれすけど……男の人に対してそーゆーのはぜったいないって思ったんれすけど……んふ……」

「………」

ヨメは喉《のど》をならして笑うと、突然、椅子《いす》をガタッと引きながら立ち上がった。

あ、何を──。

そう思ったときには、遅《おそ》かった。

イザヤはヨメに手を引っ張られてソファに押し倒《たお》され、はずみで床《ゆか》にずり落ちてしまう。

「おい!?」

「ご奉仕《ほうし》……いいかもれす………」

ヨメは艶然《えんぜん》と微笑《ほほえ》みながらイザヤにまたがり、顔と胸をグイグイ押しつける。

参った。ヨメは完全に酔った。それも変な方向に。

「イザヤしゃんがいけないんれすよ？　とってもかぁいいから……。こんなかぁいすぎる人は……お仕置きしちゃいますねー」

わけがわからない。

っていうか、数秒とたたないうちに「奉仕」が「お仕置き」という真逆の概念《がいねん》に置《お》き換《か》えられてるんだが！

「ま、待て。俺《おれ》をどうする気だ？」

「そぉんなのぉ……決まってるじゃないれすかぁぁ」

「くっ……」

逃げよう。

仰向《あおむ》けのまま腰を浮《う》かし背中をひきずるように移動しようとするが、ヨメにがっちりと肩《かた》をつかまれる。

「だーめ。ほらほら、かんねんでしゅよぉ〜〜」

ヨメがいたずらっぽく笑って……舌なめずり。

おい、これって——。

貞操《ていそう》の危機か？

※

こうして物語は冒頭《ぼうとう》へとつながる。

結局、すぐにヨメが寝落《ねお》ちしたため、何もなく翌朝。

「おはようございま………って、あらら？」

いきなりエリカが工房《こうぼう》にやってきて、怪訝《けげん》そうに眉をひそめた。

工房の広間。

ボサボサの髪でぼーっとしているヨメと、寝不足《ねぶそく》で目の下にクマができて、やっぱりぼーっとしているイザヤ。

テーブルの上にはあまり手のつけられていない料理。ちなみにヨメが潰れたあと口をつけたが、衝撃的にうまかった。

「ふたりともなんだか様子がヘンじゃ……あなたたち……まさか……やっぱり……⁉」

ヨメはおでこをおさえながら首を振り、ふぁ、とあくびまじりで、

「何もしてないですよ」

「イザヤさん、ヨメちゃんはこう言ってますけど……ほんとに何もしてないの⁉」

「されかけた……かも」

ヨメが、あ、という顔をしたが遅かった。

「なぁぁぁぁぁぁぁぁぁぁぁぁんですってぇぇぇぇぇ⁉」

エリカが半泣きになってヨメの両肩をがっしりとつかみ、前後に揺《ゆ》さぶりながら、

「ヨメちゃんっっ‼　あなた！　自分から襲うって……せ、せめてイザヤさんから手を出

させるくらいの慎《つつし》みはあってもよかったんじゃありません⁉」

それって慎みか……？


そんなふうに始まった、工房での二日目。

三人で朝食をとり、ヨメが悪酔《わるよ》いしただけで性的にイザヤを襲う気はなかったと弁明し、なかなか信じないエリカが根掘《ねほ》り葉掘《はほ》りふたりを問《と》い詰《つ》め、ようやく監査に行くと言いだした午前十時ごろ。

「ヨメお姉ちゃん、おっはよー!!」

工房にリトルトン母娘がやってきた。

広間に入ったとたん娘のチェルシーはヨメにじゃれつき、母親は「懐《なつ》いちゃって」と微《び》笑《しょう》。

イザヤが母親に挨拶すると、

「ヨメちゃんに懐いてくれて良かったですよ。うちは一家全員こちらの工房に通ってて……。おじいちゃんも、お父さんも、私も、そして娘も……もう、四代なんです」

工房が建てられた頃からの常連一家ということらしい。

ヨメは普段《ふだん》のクールさから一転、「チェルシーちゃん、お薬出しますね」「チェルシーちゃん、お変わりありませんか」などと言いながら、チェルシーと手をつないで目を細めている。

あの女の子の相手をするときは、本当に澄《す》ました感じがなくなるな。柔和な母猫さんだ。

なんとなく見とれてしまっていると隣《となり》にエリカがやってきて、

「うふふ……ヨメちゃん、ふだんは理屈《りくつ》っぽいですけど、子供好きなんですよね。微笑ましいでしょ？」

「ああしてると医者みたいだな」

「ええ……。おかあさんが医師の資格もっていたので、自分もその役割を担《にな》いたいようなんですよね。錬金術師と薬師の資格はもってるので、あとは医師だ、と」

「なるほど」

「ヨメちゃん、ほんとよくやってると思いますよ。まだ十六歳なのに」

ひとりでいろいろ大変だろうが……まあでも、ああしてしっかり仕事をしているようだし、大丈夫《だいじょうぶ》じゃないだろうか。

ヨメは立派に、この工房の跡継《あとつ》ぎになる気がする……というかもうなってるか。

「おふくろさんたちも安心だろうな」

イザヤが壁の肖像画に目を向けると、エリカもその視線を追う。

「そうですね。……でも、ヨメちゃん、ハ、ハンデがあるから」

「ハンデ？」

微笑んでいたエリカが、急に顔を陰《かげ》らせる。


「ヨメちゃん、生まれつき魔力が少ないの」


「少ないって……どれくらい？」

「平均以下、ですよ」

魔力の上限は生まれた時点で決まっており、後天的に伸ばすことはほとんどできない。

「それ……錬金術師《れんきんじゅつ》として致命的《ちめいてき》じゃ？」

「いいえ。錬金術は魔術《まじゅつ》と違ってお勉強でなんとかなりますから……」

魔術は「呪《まじな》い」で、錬金術は「学問」——。よく言われることである。

「ヨメちゃん、それはもう狂《くる》ったように勉強して、知識と技術を身につけたんですよ」

「そうか……」

「でも……やっぱり限界はあります。魔力を大量に消耗する錬成なんて、知識があったって無理ですから……」

イザヤはふと、ゆうべヨメの言っていた言葉を思い出した。

――おかあさんはおばあちゃん譲りで魔力も高かったんですよね……。

それはつまり『母と祖母は高い魔力をもっていた』ということであり、ふたりと比較《ひかく》してヨメは……。

「…………」

※

誰《だれ》だってハンデのひとつくらいある。

だが、努力でどうにかなる部分は確実にあり、ヨメはエリカの言うように、確かに努力家の一面があるようだった。

夜――。かなり遅い時間になっているというのに、ヨメは研究のため、錬金炉の前で何かやっているらしい。

イザヤは――。

「うーん……」

怖《こわ》い顔でうなっていた。

場所は、寝室《しんしつ》として貸してくれた部屋のベッド。姿勢は、横になって天井《てんじょう》を見上げながら。

「わたしは少し錬金術の研究しますから、イザヤさんは気にせず休んでください」

さっき、そんなふうに言って錬金炉の前に立ったヨメ。

その白猫のような姿を思い出すと……。

――おかしいぞこれは。

ヨメと知り合って数日。

妙《みょう》だ。変な気持ちがわき上がってきている。

恋《こい》……？　いや、ちょっと違う。

なかなか信じられないことだし、絶対気の迷いだろうし、勘違《かんちが》いだとも思うのだが、シンプルに言語化するならとりあえずこうなる。

――もしかして、ひとりって寂《さび》しいことだったのか？

イザヤはこれまでずっと、徹底《てってい》してひとり《ソロ》な人生だった。

故郷を追われる前からそうで、唯一祖父《ゆいいつじいちゃん》とは仲が良かったが、イザヤが物心つく前には死んでしまっていた。両親とは折り合いが悪く、家出同然で冒険者《ぼうけんしゃ》になった。

人と話すより剣を振《ふ》るうほうが幸せ……、そういう人間だったのだ。

だから、森で隠者《いんじゃ》のような生活をしていても割と平気だった。常人にはない力ももってしまったし、ひとりで生きていくのが妥当《だとう》だろうと、そう思っていたのだ。

しかし……ヨメと出会い、王都を訪《おとず》れ、ともに食卓《しょくたく》を囲んで、エリカと話し、チェルシーにおじちゃんと呼ばれたりして……。

そういった出来事がイヤじゃないのだ。むしろ、恐《おそ》ろしいことに……悪くないかも、などという感情が芽生えだしている……。

「…………」

いやいやいや、いままでの信念をたった数日で崩《くず》されるなんてあり得んだろ。どう考えたって気の迷いに決まっている。絶対そうだ。

ヨメといるとどうにも調子が狂う。

──明日には、森に帰ろう。

まるで悪魔《あくま》のささやきにあらがうかのように、イザヤが苦悶《くもん》の表情でそう決心した、そのときだった。

「イザヤさん、ちょっといいですか？」

ヨメが、ティーカップを持って部屋に入ってきた。錬金術の研究はもう終えたらしい。

「……なんだかずいぶん怖い顔してますけど悪夢でも見たんですか？」

「俺はもともとこういう顔だ……」

「そうですか。紅茶でもどうかなと思ったんですが」

「紅茶……」

「まさか、飲んだことない？」

「いや、ある」

一回か、二回な。

ベッドサイドに並んで座《すわ》り、イザヤはティーカップを受け取って口をつけた。

「この時間ですし、安眠《あんみん》効果のあるカモミールをプラスしました」

淡《あわ》い甘《あま》みが鼻から抜けていく。じんわり、あたたかい。

イザヤが半分くらい飲んだあたりで、ヨメが不意に毛布を手にとった。

「……イザヤさん、やっぱりわたしの予想した通りでしたね」

「何が？」

「冷えちゃいますよ、そんな格好じゃ」

もう寝《ね》ようと思っていたので、イザヤは薄手《うすで》の服一枚しか着ていない。

季節は春になったばかりで、夜はまだまだ寒い。

「体冷やすのって体に悪いんですからね？　もう少し厚着したほうがいいですけど今はないですし……とりあえずこれで」

ヨメは言いながら、毛布をそっとイザヤの肩にかけてくれた。

なるほど。あたたかい紅茶を持ってきたのも、体が冷えないようにと気遣《きづか》ってくれたからなんだろう。

おかげで体の内も外もぬくぬくになったが……しかし……。

「俺だけじゃ、そっちが冷えるだろ？」

「平気ですよ。この服、意外とあたたかいんで」

ヨメはいつもの白い衣装をまとっているが、そんなに厚手には見えない。

しかたないな……。

「……ほら」

「あ」

イザヤはぶっきらぼうにつぶやくと片手をあげて、毛布をヨメの体にもかける。

ひとつの毛布に、ふたりでくるまる格好になって……。

「…………」

「……………」

お互《たが》い、つい黙《だま》りこんだ。

——照れくさい時空が大発生してしまった……！

俺は何をやってるんだ。でも、自分だけ毛布使うのも悪いし……。

「イザヤさんって本当に突然《とつぜん》というか突発的《とっぱつてき》というか……よくわからない人ですよね」

「悪かったな」

至近距離《きょり》にヨメの猫っぽい顔があり、ほんの少し眉尻《まゆじり》が下がっているように見えた。照れているのかもしれない。

やっぱり、あらためて見ると、悔《くや》しくなるくらいにかわいい。

特に、眉が八の字気味になったとき、吊《つ》り気味の目と組み合わさって、破壊的《はかいてき》なかわいらしさになる……。

ゆうべはヨメが酔って寝落ちしたため変な空気にはならなかった。

しかし……いまは……。

このままキスしてもおかしくないような空気が流れているような……？

ヨメは黙ったまま、軽くうつむいている。

参った。なんか部屋から出て行こうとしない。猫がたたずんでるみたいに、そばにいる。ヨメの肌《はだ》から放たれる熱気とか、匂《にお》いとか、そういうものに五感を刺激《しげき》され、柄《がら》にもなくちょっとドキドキしてきて……。

そのとき、ヨメが何かを言おうと口を開きかけて――。

ドンドンッ、ドンドンドンドンドンッ！

「――!?」

イザヤはハッとなってヨメと顔を見合わせる。

なんだ？　誰かが玄関の戸を叩いているようだが……こんな夜更《よふ》けに？

鼓動《こどう》がかすかに激しくなるのを自覚しながら、イザヤが眉をひそめると――悲鳴が鼓膜《こまく》を叩いた。

「ヨメちゃん、ヨメちゃん…………、チェルシーがっ!!」

※

工房の広間。

床に敷物《しきもの》が広げられ、チェルシーが横たえられていた。

意識はない。額にびっしり汗《あせ》を浮かべ、赤い顔でうなされている。

一目で高熱が出ているとわかるが……だが、それよりも異様なのは、体のあちこちに紫《むらさき》色《いろ》の斑点《はんてん》が浮かび上《あ》がっていることだった。

(紫斑病《リーラ》……か)

かつて猛威《もうい》をふるった疫病《えきびょう》だ。

菌《きん》が体内に入ってから数ヶ月《すうかげつ》間潜伏《せんぷく》し、ある日突然、症状《しょうじょう》があらわれる。

病状が出たときには、ほぼ手遅《ておく》れというとても致死《ちし》率の高い病。

「ヨメちゃん、お願いします。娘《むすめ》をどうか、どうか!!」

「………」

チェルシーの母親と、同年代の父親が青ざめてヨメにすがりついている。

そのヨメも顔から血の気がひき、唇《くちびる》をかたく引き結んでいた。

ヨメは体の弱いチェルシーの主治医のようなものだった。それなのに、病を見逃《みのが》してしまっていた。

潜伏しているときはまったく兆候が見られないから、どんな医師でも発見することは難しい。ヨメに落ち度はないと言えるが、自責の念にかられるのも無理はないだろう。

「ヨメちゃん……チェルシーは……もう助からないんですか？」

「いえ、手があることは、あります……」

教えてくださいとすがりつく両親に、ヨメは小さく告げる。

「エリクシル、です」

ああ、あれか。イザヤもその名は知っていた。

錬金術が生み出す万能薬《ばんのうやく》。

病原菌《びょうげんきん》の元素《エレメント》を消滅《しょうめつ》させ、難病にも即効性《そっこうせい》があるらしい。

作り出せる錬金術師がほとんどいないから、店ではまず販売《はんばい》していない。それはもう、貴重な薬だ。

ただし、クレッシェント家の錬金術師は、代々、薬品錬成のエキスパートらしい。そのスキルはヨメも受《う》け継いでいるはず……。

「ヨメちゃんなら、ヨメちゃんなら作れますよね⁉」

チェルシーの両親が希望に顔をほころばせるが……しかし、ヨメは力なく首を振る。

「ごめんなさい。できません……」

「どうして……⁉　方法がわからないんですか⁉　材料がないんですか⁉」

「錬成方法はわかるし、材料もあります」

「じゃあ……何がないっていうんですか⁉」

ヨメは少しうつむいて、か細く答える。

「わたしの……魔力です」

チェルシーの両親が「あぁ……」と嘆息《たんそく》して崩れ落《お》ちていく。

かつて、ヨメの祖母と母はエリクシルを錬成できる錬金術師だった。

だが、いまはもういない。あとを継いだヨメは魔力が足りない。

エリクシルの知識、錬成の技術、一定以上の魔力。

それを全《すべ》てもっている錬金術師は、この王都にはいないだろう。チェルシーの容態から見て、他の街に探しにいく時間的な余裕《よゆう》もない。

つまり――チェルシーはもう助からない。

「そんな……チェルシー……」

哀《あわ》れな夫婦《ふうふ》は、命の炎《ほのお》が消えようとしてる娘に必死に声をかける。

しかし、チェルシーは苦しげにぜえぜえと息を吐きだすだけ。

「……チェルシーちゃん、ごめんなさい……」

ヨメは床にひざをついて、チェルシーの頭をなでた。

いくらふだん冷静でも、まだ十六歳の女の子だ。感情が抑えきれなくなったようで、目が赤く潤《うる》んでいる。

「…………」

どうにかならないのか。なんとか自分の力で助けられないのか。

そう必死で考えているのかもしれない。

だが……魔力が少ないという先天的なハンデはどうしようもなかった。

ヨメは母たちの肖像画《しょうぞうが》を見上げ、涙《なみだ》をこらえるように声を絞《しぼ》り出す。

「おかあさん、おばあちゃん…………わたし……」

――ふたりなら助けられたのに。

――この工房をちゃんと受け継げない娘で、ごめんなさい。

そう口にしたわけではないが、イザヤはヨメの心の声が聞こえた気がした。

それまで黙って様子を見ていたイザヤが、口を開く。

「なあ、魔力があれば、エリクシル作れるのか？」

ヨメは突然話しかけてきたイザヤに少し怪訝そうな目を向けたが、

「はい……作れますよ」

「絶対の自信ありか？」

「あります。わたし、この工房の錬金術師なんですから」

「そうか」

イザヤはかすかに微笑んだ。

……だったら、俺のやることはひとつだ。

魔王《まおう》よ、ありがとな。お前が押《お》しつけた魔力と能力、クソの役にもたたないと思っていたが……有意義に使えそうだ。

そのときとった行動について、イザヤは後から、ちょっと軽率《けいそつ》だったかなと後悔《こうかい》することになる。

無言のまま、言うべきことを言わずに、いきなり動いたからだ。

つまり――。

唐突《とうとつ》に、ヨメの手を握《にぎ》ったのである。

「えっ……？」

ヨメの猫《ねこ》のような瞳《ひとみ》がまるくなる。

「こんなときに、あの……イザヤさん？」

「こんなときだからだ」

「……？」

「魔力、やる」

「あっ……そういえば……!!」

ぱっと顔を輝かせるヨメだったが、すぐに沈《しず》んでしまう。

「でも……イザヤさん、ごめんなさい。無理です。あのくらいの魔力もらっても、大差ないですし……」

「あのときとは、違う」

初めて会ったときは、漏《も》れ出《で》ていた微量《びりょう》の魔力を、うっかりヨメに注いでしまっただけだった。自分の意志で、魔力を与《あた》えようとしたわけじゃない。

「今度は――俺の意志で、やる」

イザヤが握る手に力をこめると、やわらかい感触《かんしょく》があって、ヨメがドキッとしたような顔になった。

「行くぞ、ヨメ」

「あ……」

一瞬《いっしゅん》――エメラルド色の光がイザヤとヨメを包《つつ》み込む。

イザヤが自分の意志で魔力を与えるときは、魔力が可視化されるのだ。

ふたりの周りを、何かを祝福するかのようにキラキラの粒子《りゅうし》が舞《ま》い踊《おど》る――。

「……なんですか、これ。どんどん……来る……」

魔力が流れ込むときの刺激が強いのか、ヨメは何度かびくん、となる。

「……人の魔力って……あたたかいんですね。全身ぽかぽかして変な感じですよ……」

「ああ……」

イザヤはイザヤであたたかく、自分の血を分《わ》け与えるような妙な感覚があった。

「……魔力がたくさん……これなら……」
一、二分くらい、そうしていて……。
「イザヤさん……ありがとうございます。本当に」

ヨメがしっかりした口調で言い、つないでいた手を離《はな》した。

目はまだ赤く潤んでいるが……強い力がこもっている。

「おばあちゃん、おかあさん……ふたりのおさがり、ようやくちゃんと着られそうですよ」

ヨメは言うと、壁《かべ》にたてかけてあった衣服を手にとった。

帽子《ぼうし》を少しだけ飾《かざ》りの豪奢《ごうしゃ》なものに変え、
白いマントを羽織り、
翼《つばさ》と蛇《へび》の飾りがついた白い杖《つえ》をつかむ。

なるほど。いままでの衣装は、略装だったようだ。

錬金術師の正装《フルコスチューム》をまとったヨメが顕現《けんげん》した。

その姿は、例えるなら——白き賢者《けんじゃ》。

祖母、母と受け継いできた衣装をまとったヨメは、ふたりの魂《たましい》を継承《けいしょう》した……そんなふうにイザヤは感じた。

「チェルシーちゃん……、もう大丈夫ですからね」

ヨメは言うと、瞑想《めいそう》するように目を閉じ、そのまま錬金炉《ろ》の前に立つと、そこで目を開き、杖をかかげて——。

「いきます！」

※

翌朝。

工房の庭にほがらかな声が響《ひび》いている。

「ヨメお姉ちゃん、おじちゃん、ありがとう!!」

「おじちゃんって……まあ、もういい」

チェルシーは、嘘《うそ》のように快復していた。

ヨメは見事、エリクシルの錬成に成功。

即効性のある万能薬という話は本当で、紫《むらさき》の斑点はすぐに消えてなくなり、一晩たつと熱も下がっていた。

チェルシーの両親は、それはもう大感謝。

お礼として、パン十年分が無料になった。

ヨメはそんなにいらないと断ったが、エリクシルの値段を考えたら、これでも足りないとか。

「パンに合う料理のレパートリー増やしたいですね。イザヤさん何かあります?」

「うーん、草……？」

「ワンパターンですね……」

イザヤとヨメは、何度もお礼を言いながら帰っていく親子三人を見送る。

めでたし、めでたし。

こうして、ひとつの物語はハッピーエンドを迎《むか》えたのだった。


――さて。

みんなが笑って、手を振って。

このへんが、キリいいだろう。

「その……世話になった。メシの礼は、何かする」

「え？　いえ、いいですよ。わたしが好きでやったんですから」

「まあ、いずれ。ということで、俺はそろそろ」

「…………え」

ヨメは一瞬絶句した。イザヤがまだ工房に滞在《たいざい》すると思っていたのだろう。

だが、すぐにいつものクールな顔つきに戻《もど》り、

「あ、はい。わかりました」

姿勢を正し、かしこまってイザヤの正面に立つ。

「イザヤさんありがとうございました。わたしこそ、お礼、言っても言い切れないですよね」

「いや、気にするな」

「このあと、どうするんですか？」

「戻ってぷちあにさんを作る」

「好きなんですね、本当に」

「まあな」

ふたりともそこで沈黙《ちんもく》する。

いよいよ、さらならのときだった。

正直――ちょっと名残惜《なごりお》しい。ヨメの猫っぽい顔に愛着を感じている。

でも、この感情は別れというシチュエーションが作りだした幻想《げんそう》だろう。

少したったら泡《あわ》のように消える、はず……。

「それじゃ」

イザヤはそのまま工房の庭から出ていこうとして、不意に――。

「——待って、ください」

がしっ、と。

ヨメに手首を掴《つか》まれた。

強い力だった。イザヤが振り向《む》いて怪訝な顔をしても、放そうとしない。

「……なんだ？」

「わたし、提案があるんですよ」

「提案？」

ヨメの瞳が、まっすぐイザヤの目を見つめる。何か、覚悟《かくご》を決めた顔のような……。

「イザヤさんにとっては唐突に感じると思いますけど。でも一晩考えて、この機会を絶対逃《のが》すわけにはいかないと思って、どうしてもお願いしたくて……」

訝《いぶか》しむイザヤに向け、ヨメはようやく手を放すと、「そんなにかしこまらないで聞いてほしいんですけど」と前置きして、こう告げた。

「わたしと一緒《いっしょ》に暮らしませんか？」

「………………………………………………………………………………」

とっさに言葉が出なかった。

口をポカンと開けて、おもいっきり両目を見開いてしまった。

「あ、工房《ここ》でということです。森で、じゃないですよ」

「……本気……か？」

「もちろんです」

ヨメはイザヤをまっすぐ見つめたまま頷《うなず》き、

「だってですね、どういう観点から判断してもこれって、その……」

そこで言葉がいったん途切《とぎ》れ、白い頬《ほお》がかすかに染まる。

「運命の出会いじゃないかな……、と」

「運命の出会い……」

ヨメは少しだけ熱を帯びた口調で語る。

「わたし……ゆうべ、ようやく、おかあさんたちの衣装を着る資格が得られたって思ったんです。その、なんて言うんですか……イザヤさんが、わたしに足りないものを埋《う》めてくれて、それでやっと一人前になれたというか……」

この工房を営んでるだけで文句なく一人前だと思うが、ヨメの基準では違《ちが》っていたらしい。

「あんな凄《すご》いことできるの、イザヤさんしかいないです」

「まあ、それはそうだろうが……」

「イザヤさんから魔力《まりょく》をもらえると、凄く助かるんですよ。いままでできなかった錬成《れんせい》もできるようになるでしょうし……あと、面倒《めんどう》もみやすくなりますし。イザヤさん本当に世話のやける人っぽいですから」

「面倒見てくれなんて言ってないが……」

「いえいえ、ぜひお世話させてくださいよ。わたしの第二の使命です」

「…………」

ヨメはかすかに微笑《ほほえ》んでから、

「まあ、勘違いしないでほしいんですけど、あくまで、お仕事上のパートナーになってもらいたくて。一緒に仕事するなら、工房《ここ》に住んでもらうのが効率的じゃないですか？」

ヨメはそこで声のトーンを少し落として、

「……お仕事のパートナーっていうなら一緒に暮らしても許されますよね。エリカお姉ちゃんうるさいですし……」

なんとなく意味深な言い方だった。

「もちろん部屋は別ですし、それぞれのプライベートに口出しはしない。……どうですか？」

（仕事上のパートナー、か……）

正直驚《おどろ》いた。

ただ、確かにヨメにとってイザヤは世界でただひとりという貴重な存在だろうから、この提案を納得《なっとく》できなくもない。

（じゃ……どう答える？）

イザヤはふと、自分の右手に視線を落とす。

ゆうべ、自分の意志でヨメと手をつなぎ、ぬくもりを感じた。

人と関《かか》わらず生きてきたイザヤだったが……つなぐ手を知ってしまったワケだ。

では、いま自分の心に問いかけて素直《すなお》に出てくる答えは……。

「……………。とりあえず、お試《ため》し期間ってことなら」

「ほんとですか？　オーケーしてくれるんですか？」

さすがにクールさを保てず、ヨメが嬉《うれ》しそうに詰《つ》めよってくる。

「あ、でも、ひとつ条件がある」

「なんですか？」

「ぷちあにさん、全部持って来て飾るけどいいか？」

※

「ヨメちゃん……、おめでとう!!　ほんっっっとうに……おめでとう!!」

監査官《かんさかん》の執務室《しつむしつ》。

エリカは、ヨメがエリクシルを錬成してチェルシーの命を救ったと聞き、喜びを爆発《ばくはつ》させていた。

「ヨメちゃん、あなた……神！　エリクシル作ったなんて……神!!　ここまで立派になっちゃって……お姉ちゃん、感激で泣いちゃう!!」

赤くなった頬を両手で包み、腰《こし》をクネクネ。

ちょっと引くくらいの喜びようだが……実際、廊下《ろうか》を通りかかった男女がなんだあれという顔をしていたが……嬉しいから仕方ない。ハッピーすぎる。

ヨメは母たちの遺志を立派に継《つ》ぐ錬金術師になるだろう。

姉役として鼻が高いし、とにかくめでたい。

めでたい、のだが……。

「でも」

エリカは不意に真顔になる。

「――ヨメちゃんにそんな魔力、あったかしら？」

第2話　エリカは構いたがりのお姉ちゃんだった。

爽《さわ》やかな朝だった。

工房《こうぼう》の二階にある、イザヤの部屋。

窓を開け、穏《おだ》やかな春風を浴びながら、イザヤ・フレイルは――。

「うーん……いいのか、これで？」

かなり怖い顔で呻《うめ》いていた。こいつはぜんぜん爽やかじゃないのだった。

あれから七日がたっていた。

工房への引《ひ》っ越《こ》しは無事終わっている。

もともと大した荷物はないので、持ち物は余裕で全部持ってきた。もちろん、命の次くらいに大切なぷちあにさんも持ってきており、本棚《ほんだな》に飾ってある。

部屋の日当たりはかなり良く、広さもまあまあ。設置されていたベッドは古いが、それなりにフカフカで、小屋でのザコ寝とは雲泥《うんでい》の差がある。

快適だ。

……快適すぎるのだ。

「ほんと、いいのか……？」

新しい生活が始まってから……イザヤなりの懊悩《おうのう》を抱《かか》えていた。

——俺《おれ》、ただの居候《ヒモ》だよな……？

いま、イザヤのやっているお仕事はこのような内容になる。

『一日一回、朝、ヨメの手を握る』

以上。

要は魔力供給してるだけ。

ヨメはそれ以上のことを求めてこない。

錬金術師《れんきんじゅつし》としての仕事があるので、朝から晩までイザヤに干渉《かんしょう》してくるなんてこともない。イザヤの過去も詮索《せんさく》してこない。

出来る限りイザヤの世話を焼こうとするし、部屋とか身だしなみについては口を出してくるが、逆に言うとそれくらい。

楽だ。楽すぎて、これでいいのかと悩《なや》んでしまうのだった。

何か手伝おうと思ったりもするのだが、家事はヨメが全部やっていて、イザヤはやらなくていいとハッキリ言われている。

「うーん……」

ヨメにとってイザヤは、魔力をもらえるというその一点のみで、何者にも代えがたい存在ではあるのだろうが……いやあ、やっぱり、これはこれで気を使ってしまう。

森にいたときよりヒマで、ぷちあにさんづくりに精を出せるのはありがたいけども……。

と、イザヤが朝からそんなことをあれこれ考えていた、そのときだった。

「あああああああああああああっ!!」

唐突に、一階のキッチンからヨメの悲鳴が響きわたった。

イザヤが急行すると、エプロン姿のヨメが片手鍋《かたてなべ》を持ったまま振り返《かえ》る。

「どうした?」

「ああイザヤさん。まずいです。わたし、時間、間違《まちが》ってて」

どうも、こういうことらしい。

今日の昼、お客さんに錬成したポーションを渡《わた》す予定だと思いこんでいたが、うっかり勘違《かんちが》いしており、実際は昼ではなく朝だった。

「要は……朝のいろいろをやってるヒマがない、と？」

「そうなんですよ」

「メシより錬成の準備したほうがいいだろ」

「いえ、イザヤさんのお世話はわたしの使命ですので」

「いやまあ……時間ないんだろ？」

「はい。でも、魔力供給もしてもらいたいですし……。だから……」

ヨメは右手で鍋を持ちながら、左手をイザヤのほうに向けた。

「魔力をもらいながらごはんを作る。これが最善手と言えるでしょう」

「なに？　最善手？」

それって……いまここで手をつなぐってことか？

ヨメはいつものクールな顔つきだが、ほんの少し赤くなっている。

「イザヤさん……その、手、握ってください」

「あ、ああ」

イザヤがヨメの手を握ると、可視化された魔力——エメラルド色の光が、一瞬だけふたりを包み込む。

「……あ、来ます。あたたかい……。いつも、ありがとうございます」

ヨメは左手をつないだまま、右手一本で鍋をかきまぜている。塩のスープか何かを作っているようだ。

「………………」

魔力の供給は、イザヤにとって立派な仕事である。

だけど、これ、傍目《はため》には……。

イチャつきながら料理をしているようにしか見えないのでは？

（なかなか恥《は》ずかしいんだが……）

ヨメはどうなんだろうと思って横目で見ると、照れているのか微妙《びみょう》に目を伏《ふ》せている。

と、ヨメがイザヤの視線に気づいて、

「あの……イザヤさん」

「ん？」

「その、ムカつきませんか、わたしたち」

「え？」

「例えばですけど……エリカお姉ちゃんが朝から男の人と手をつないで、嬉しそうに料理なんてしてたら……無性《むしょう》に腹立ちますよ。理由はうまく言語化できませんけど」

「は、はあ」

妙《みょう》なことを言い始めるなと思ったが、これはヨメなりの照《て》れ隠《かく》しなのかもしれない。

「ムカつくなら、やめるか？」

「……。それは客観視したらということですので、主観としてはまた別というか……」

ヨメは手を離そうとせず、むしろやや力をこめてきた。

「とにかく。ムカつかないかと聞いているんです」

「いや、俺は別にだけど」

「自分だけいい子ぶるんですか？　本音言いましょうよ」

「本心なんだが……」

「ずるい。わたしだけ陰険《いんけん》みたいになっちゃうじゃないですか」

「そう言われてもなあ……」

「あーらあら……、腹立つって言うなら、お姉ちゃんだって同じなんですけっどぉ～？」

唐突に後ろから声がして、イザヤとヨメはビクッと肩《かた》を震《ふる》わせる。

手を離して振《ふ》り返ると、そこには……むすっとしたエリカ。

「なんで入ってこられるんだ？」

「あー、イザヤさん知らなかったっけ？　私、ここの鍵《かぎ》持ってるのよね」

エリカは人差し指で鍵のついた輪っかをくるくる回していた。

ちなみに、エリカはイザヤが工房で暮らすことになったとすでに知っている。

「エリカお姉ちゃん……何しに来たんですか？　こんな朝から？」

「監査《かんさ》です、監査。朝から夜までたっぷり一日使った、特別監査です！」

エリカは腕《うで》を組み、整った眉根《まゆね》を寄せて、

「ねえヨメちゃん……イザヤさんとはお仕事のパートナーって聞いてましたけど？　それ、ど～見ても……ただイチャついてるだけですよね？」

「イチャつきではなく魔りょ……」

ヨメは一瞬そう言いかけて、すぐに言い直す。

「……お仕事での信頼《しんらい》関係を深めるには、スキンシップも必要と判断しまして」

「ふぅ～ん、へぇ～～、ふぅ～んそうなの」

イザヤが他人に魔力を与えられることは、エリカには伝えていない。あまり言いふらさないほうがいい、という判断なのだが……。

「魔力を与えられるなんて、凄い能力ですね、イザヤさん？」

――!?

「いつ……知った？」

「ふんふん、図星、と」

にやりと笑うエリカ。

あ……。やられた。かまかけられた。

「おかしいと思ってたんですよね……。ヨメちゃん、エリクシル作れるほどの魔力なかったはずですし！」

ヨメは眉を八の字にして、ややバツの悪そうな顔になる。

「ねえヨメちゃん。魔力もらえるメリットがあるから、イザヤさんにそばにいてほしいっってことなの？」

「それはもちろんありますけど……お世話したいからというのもありますよ。イザヤさんほっとけない人ですから」

エリカは「オー」と天をあおぐと、直後、ぐいぐいぐいっと顔をヨメに近づけて、

「ヨメちゃんっ！　あなた男の人甘《あま》やかして駄目《だめ》にしちゃうタイプって自覚あります⁉」

「は？　何言ってるんですか？　わたしは人を甘やかしたりなんてしませんよ」

「も～～～～っ、自分のことぜんっぜんわかってないんだから……うっかりしてると駄目人間を錬成する錬金術師になっちゃいますからね⁉」

「なんですかそれは……。イザヤさんは魔力供給というお仕事をきっちりしてくれてますし、エリカお姉ちゃんが心配するようなことにはならないんですよ」

「魔力供給って何してるの？」

「……一日一回手を握っていただいています」

「それだけっっ⁉　そんなの実質イザヤさん囲って好きにさせてるのと同じでしょ⁉　ほらほら、お姉ちゃんの言った通りになってるじゃないの‼」

「じゃあ……一日二回握っていただきます」

「ああぁ！　なんかいま照れたような顔しませんでした⁉　ヨメちゃんしっかりして‼」

「……イザヤさんは新しい生活に慣れていないので、いきなりあれこれお願いするのは控《ひか》えてるだけですよ」

「いつから他のお仕事お願いするの？」

「…………」

ヨメが沈黙する。考えていなかったらしい。

「……そろそろ話に入っていいか？」

ようやく割りこめそうなタイミングがやってきた。このふたりが言葉の応酬《おうしゅう》を始めると、ほんとカヤの外にされる……。

「ちょうどいい話題だ。俺も悪いと思ってた」

「イザヤさん、エリカお姉ちゃんの言うことなんて気にしなくていいですよ？」

「いや、俺からも提案したい。そのほうが気も休まる」

たちまちエリカがぽんっと両手を合わせて、片足を跳《は》ね上《あ》げながら、

「あっらぁ、イザヤさん殊勝《しゅしょう》ね。いいことです。……それに比べてヨメちゃん、あなた、『奥《おく》さんが外で仕事するのを渋《しぶ》る旦那《だんな》』みたいな顔になってるわよ？」

「どんな顔ですかそれは……」

とりあえずこのふたりのやりとりはほっとくとして、さて、何をしたもんか？

考えると……やっぱり、素材の採取やヨメの護衛がいいんじゃないかと思う。

冒険者《ぼうけんしゃ》時代の経験が活《い》きるし。

絶対やめたほうがいいのは、人と接して、口を使うような仕事。

例えば――。


「交渉《こうしょう》ね、イザヤさん」


エリカがニッコリ笑って宣告した。

……………………おい。

「ヨメちゃん、錬金術《れんきんじゅつ》に専念したいわよね～？　イザヤさんが交渉ごとやってくれたら、助かるわよね～？」

「まあ、それはそうですけど……」

………。

待て。

俺が交渉ごとって。

間違いなく一番やらせちゃ駄目な仕事だぞ……。

「じゃあさっそく今日からやってもらいましょうか？」

「きょ、今日から？」

「ええ。ちなみにお姉ちゃん、まる一日休暇《きゅうか》なんで、たーっぷりイザヤさんを特別監査しちゃいますからね？　うっふふふふ……」

しかも王立監査官に事細かくチェックされる、だと？

…………。

どうなっちゃうんだ、これ……？

※

王都を空中から見下ろすと、だいたい六角形に見える。

一番の商業区域はちょうど中央にあるレオストン広場。イザヤとエリカは昼前にこの人で賑《にぎ》わう広場へとやってきていた。なお、ヨメは工房に残って錬成している。

「イザヤさん、あなた、口は達者なほうかしら？」

「そう見えるか？」

「うふふ、さ〜〜あ？　それはチェックしてみないとね？」

「…………」

絶対わかってて言ってるだろ……。

ということでイザヤはまず、素材屋に向かうことになった。

ウィン、という男性が営むお店らしいが……どんな人間なんだろうか？

武技に長《た》けた戦士というから、いかついおっさんとかか？

そんなことを考えながら、指定された露店《ろてん》に行くと……。

「いらっしゃいませ」

あれ。意表をつかれた。

おとなしそうな、かなり若い男の子だったのだ。

十二歳《さい》くらいか？　わりと中性的で、遠目には女の子に見えなくもない。

「ふふ、じゃ、イザヤさんの交渉術、見させてもらうわよ？」

「…………」

困った話だが、引き受けてしまったし、やるしかない。

「ど、どうも」

「あ、はい。こんにち、は…………」

「…………え、えーと」

　イザヤが口ごもると、ウィンはみるみる怯《おび》えた顔つきになる。

「ひ、ひぃっ……」

　なんだ？

「ちょっと、イザヤさん、顔、顔！」

「なに？　……………あ」

　緊張《きんちょう》して、もの凄い形相になっていたらしい。

　イザヤはあまり人相がいいとは言えない。元冒険者で、カタギじゃないオーラも出てしまっている。

「ふふ、交渉するとき過度に怯えさせるのは得策とは言えないんじゃないかしら？」

「わ、わかっている」

　イザヤは気を取り直し、

「俺はヨメの代理でやってきたイザヤという」

「え、ヨメさんの……？」

「ああ」

「……あ、もしかして旦那さんですか？　ヨメさん結婚《けっこん》されたんですか？」

　イザヤは一瞬《いっしゅん》、うっとうなって、

「いや、仕事上のパートナーだ」

「……は、はあ」

ウィンはいまいち要領を得ないようで、怪訝《けげん》な顔になった。

「とりあえずこの店の仕組みを教えてほしい」

「あ……は、はい。その、基本はぼくが保管してある素材を買ってもらうんですけど……その、直接、依頼《いらい》を受けて採ってくることもあります」

「なるほど」

イザヤはヨメから渡されたメモを取り出し、読み上げる。

「では……マンドラゴラの粉末、瑪瑙《めのう》石、地霊《ちれい》水……これの在庫は？」

「ぜ、全部ありますけど……。持ってきますか？」

いや、これで終わったら交渉ごとじゃなくただのお使いだ。本番はここからになる。

「その前に。……お、お値段、なのですが」

「は、は、はいっ！」

イザヤがまた怖《こわ》い目つきになったので、ウィンが怯えて直立する。

「ちょ、ちょっと、お安く、していただけますと……」

「ひぃっ！」

「だからイザヤさん、顔！」

「あ……すまん」

緊張しすぎて、今度は殺し屋みたいな目つきになっていた。

イザヤがすまなそうな顔になると、ウィンはもじもじと指をあわせて、

「その……すいません……ぼ、ぼくも生活かかってるんで……これ以上は……本当にすいません……」

「…………わかりました」

ああ、申し訳ないことを言った……。

イザヤがかつて冒険者になったのも、この子の年くらいだった。

十代前半で金銭を稼《かせ》いで生きていくのが、どれだけ大変なことか。

値引き交渉なんてとんでもない。むしろこっちからお小遣《こづか》いを渡したいくらいだ。

「うんうん。イザヤさん、交渉能力ゼロっと」

「…………」

だから間違いなく一番やらせちゃ駄目な仕事って言っただろ、心のなかで!!

「じゃ、あ、あの、商品、用意するんで、ちょっと待っててください」

「あ、ああ」

ウィンは露店の奥にある木箱をごそごそやりはじめた。

手持《ても》ち無沙汰《ぶさた》になったイザヤだが、ふと、木箱にたてかけてある剣《けん》に目がいく。

木目状の模様が浮《う》き出《で》た片手剣なのだが……。

「それ……もしかして、ダルサス産の剣か？」

「え、あ、はい。わかります？」

「もちろん」

ダルサスとは剣の産地として有名な国で、そこで作られる剣は、剣士の間ではちょっとしたブランドになっている。

「……少し、振ってみてもいいか？」

「え？　ええ。いいですよ。どうぞ」

「それじゃあ……」

ヴンッ。

イザヤが大きく素振《すぶ》りをすると——一瞬で、ウィンとエリカの目の色が変わる。

「ふーん。イザヤさん、交渉はアレだけど剣のほうは……」

何度か振って返すと、ウィンの瞳《ひとみ》が異様にキラキラしていた。

「イザヤさんって……剣の達人なんですね！　素振りだけでわかりますよ」

「そうか？」

「は、はい！　ぼく、いま剣の特訓してるんです。良かったらこんど教えてください！」

「……まあ、いいが」

「教えてくれたら……素材、いくつかタダで譲《ゆず》りますから」

「……喜んでうけたまわろうじゃないか」

ウィンは嬉しそうに頬を紅潮させて、

「約束ですよ、絶対ですよ？　やっぱりやめたとか、なしですよっ⁉」

「ああ」

「じゃ、じゃあ、今日のぶんは差し上げます。ヨメさんにはひいきしてもらってますし……」

「え、いいのか？」

「はい。ただし、こんど絶対教えてくださいね！」

イザヤは勝《か》ち誇《ほこ》った顔で、エリカに言う。

「見たか？　これが俺の交渉術だ」

エリカは肩をすくめて、苦笑《くしょう》した。

その後、イザヤとウィンは剣術《けんじゅつ》談義に花を咲《さ》かせたのだが……。

少し距離《きょり》を置いてその様子を見守るエリカの目が、ずいぶんと鋭《するど》い。

「メジャイル出身で、剣の達人……ね」

※

午後になる。

「もう俺の監査はいいだろ?」

「ええ。もうおしまいでいいです」

ホッ。

「交渉は終わりで、次は採取ね♪」

「………」

今度はヨメも連れて三人で素材採取に出かけることになった。

向かったのは、水晶洞穴《すいしょうどうけつ》。

王都の近郊《きんこう》にある天然の洞窟《どうくつ》で、その名の通り水晶の産地だ。

洞窟の中に入ると、ひんやりと冷たい空気が肌《はだ》をさす。

イザヤたちの持つランタンの光を反射し、壁《かべ》や地面のあちこちにある水晶がきらめいている。

ちなみに、認可《にんか》を受けている錬金術師は、こういった採取ポイントに自由に出入りしていいらしい。

今回、ヨメの目当ては蒼《あお》水晶という水晶体だ。

錬金術の材料として、さまざまな錬成に使えるとか。

「これがなかなか見つからないんですよね……。徒労になったらすみません」

そう言うヨメだったが、その直後、あっさりと発見した。

幸先《さいさき》がいい。イザヤがさらに先に進もうとすると、ヨメが「待ってください」と制止する。

「時は有限ですから、わたし、いまここで生まれた発想を大切にしたいと思います」

は？　と思ったが、携帯《けいたい》用の練金ポットを使って、蒼水晶を使った錬成をいますぐ試したいようだ。

インスピレーションが湧《わ》くのはいいことだろうが、しかし……。

「ここにひとり残るのは危険じゃないか？」

「大丈夫《だいじょうぶ》ですよ。この洞窟、上のほうは全く魔物《まもの》出ませんから。魔よけの道具もありますし」

うーん。イザヤはどうする？　という視線をエリカに送る。

「じゃあ、私とイザヤさんは、ふたりでもう少し奥までいきましょうか。うふふ、デートです、デート♪」

「……………」

イザヤはエリカとふたり、洞窟の奥へと進んだ。

岩壁《がんぺき》に穴があいており、梯子《はしご》がかけられていたので、そのまま下層へ。

目当ての蒼水晶は見つからない。さらに下層へ。見つからない。さらに下層へ……。

そうして、下へ下へ進んでいくと……。

「イザヤさん、もう、いいんじゃないかしら？」

小一時間ほど潜《もぐ》って、ちょっとした空洞《くうどう》に出たとき、エリカが足を止める。

「あまり地下深くに降りると危険ですよ。ここ、『魔力溜《まりょくだ》まり』あるし……そろそろ魔物が徘徊《はいかい》し始めちゃいますし」

「ああ、あれがあるのか……」

魔力溜まり。

地面から天然の魔力が湧き出るというスポットで、その近くには魔物が多く生息する。

「じゃあ、戻《もど》るか」

「……いえ、待ってください。いまってふたりきりですよね？　せっかくですし、私、イザヤさんに言いたいことあるんです」

「なんだ？　あらまって」

「ここでするのがふさわしい話ですよ」

言われてイザヤはあたりを見る。

洞窟の奥底《おくそこ》で、ランタンのあかり以外は真っ暗だ。

こんなところで、ふたりきりでするのがふさわしい話だと……？

怪訝に眉をひそめるイザヤに向けて、エリカはちょっとかしこまって……。

「人生相談、いいかしら♥」

「――――はあっ？」

洞窟《こ》の奥《こ》で!?　しかもどう見たって向いてなさそうな俺に!?

イザヤが驚《おどろ》くと、エリカはちょっと悲しそうな顔を作り、

「相談そのいち。最近、ヨメちゃんが冷たいです。やっぱり反抗期《はんこうき》なのかしら？　どうしたらいいと思いますか？　イザヤ先生お答えください」

わりと本気のトーンだった。

「これ、冗談《じょうだん》じゃなく、超《ちょう》マジメな相談ですからね？　ちゃんと答えてくださいね？」

突然《とつぜん》そんなこと言われても困るが……。

まあ、しかし、内容そのものは嘘《うそ》ではなさそうなので、一応真剣《しんけん》に答えるか……。

「下手に構わないほうがいいんじゃないか？」

「うふふ、やっぱりそうですよね……。はい、嫌《いや》です」

「…………」

「私、せっかくなら、知り合った人はできるだけ構いたいし構われたいって思想の持ち主なの。ヨメちゃんを構うなって……それ、私に空気吸うな水飲むな酒飲むなって言ってるようなものなんですからね？」

「……………」

ちょっと、なかなか、同意しかねる考え方である。

イザヤは人とベタベタするのは根本的に苦手なのである。

ヨメは世話好きではあるが、物腰《ものごし》自体はクールなので、そんなに暑苦しさは感じない。

だが、このエリカお姉ちゃんは見るからに……。

「もう、すっっっごく寂《さび》しくて。妹の義務として、お姉ちゃんのこと構いなさい！　って思うんですけども」

そんなこと言おうものなら、ヨメは義務の前に権利を主張してきそうだが。

「まあでも、ヨメちゃんもお仕事ありますし、錬金術師として頑張《がんば》ってますし……お姉ちゃん、しかたないから、ヒマそうな人にターゲット変えるのもありかなって」

………。

イザヤは思わず後ろを見て、横を見て、また後ろを見た。

ヒマそうな人、洞窟に埋《う》まったりしてませんか……？

「……もう言いたいこと、わかるでしょう？」

エリカが、妙に強いまなざしでイザヤを見る。

大変イヤな予感がして沈黙《ちんもく》を守っていると、エリカの口から、ついにこのようなセリフが放たれてしまうのだった。

「お姉ちゃん、イザヤさんのこと積極的に構っちゃおうって、いま、思ってるんです♪」

……ひっ。

勘弁《かんべん》してください。俺はひとり静かにぷちあにさんを作っていられればいいんだ。それだけで幸せなんだ……。

「もう、そんなに怖い顔することはないでしょう？　お姉ちゃんに脅《おど》しは通用しませんからね？」

脅しじゃない。困惑《こんわく》してるんだ。

「イザヤさん……あなた、ヨメちゃんに目をつけられた時点でこうなる運命だったのよ。必然的に私にも目をつけられるってことなんですから♪」

ああ……。

これは確信犯だ。イザヤが困惑するとわかってての言動だ……。

「じゃ、さっそく……イザヤさんのこと、構っちゃいましょっか♪」

イザヤは真顔になった。

いや……真顔というレベルではない。

絶句し、顔を強張《こわば》らせた。

だって、そうだろう。構うにしたって、これは……ないんじゃないか？

――細剣《レイピア》を、首元に突《つ》きつけてくるなんて。

「………………」

エリカの様子が一変していた。

苛烈《かれつ》な眼光をイザヤに浴びせ、闘気をまとい――。

殺し合いの空気を遠慮《えんりょ》無く放つ。

「……どういう、つもりだ？」

「――『破壊《はかい》の化身《けしん》』」

「………………」

イザヤは何も返さず、冷然と剣を向けてくるエリカの言葉を待つ。

「あなたは当然、ご存じですよね、イザヤさん？」

※

エリカがランタンを軽く放《ほう》り、カランと乾《かわ》いた音が響《ひび》く。

ランタンは少しだけ転がってとまり、エリカを下から照らし上げた。

「メジャイルにはかつて魔王《まおう》がいた。しかし、勇者に倒《たお》され、その力を奪《うば》われた……と聞きます」

エリカはイザヤに細剣《レイピア》を突きつけたまま、低い声で語り始める。

「勇者は追われる身となり姿を消した。行方《ゆくえ》は誰《だれ》もわからない。……言うまでも無く危険な存在ですよね？」

「なぜそんな話をする？」

「その勇者はメジャイル出身ながら剣だけで戦い、魔術《まじゅつ》は使わなかったそうです」

「……………」

「イザヤさん、あなた明らかに剣士なのに……どうして人に魔力を移すなんて力をもってるんでしょうね？」

エリカの長い睫毛《まつげ》に縁取《ふちど》られた瞳が、これでもかと鋭くイザヤを射貫《いぬ》いていた。

背中に冷《ひ》や汗《あせ》が吹《ふ》き出てくる。

アルリオンは西の果ての島国。メジャイルは国境を十も超《こ》えるほど東にある国。

こんな遠い国までは、自分の情報は届いていないだろうとタカをくくっていた。

実際、一般《いっぱん》市民はほとんど知らないだろう。だが、国家の役人ともなれば別。エリカはイザヤの情報を知っており、そして、明らかに疑っている……。

「国家に仕える者として、なにより、ヨメちゃんの姉役として……あなたの存在は見過ごせません」

「殺す気か、俺《おれ》を」

「場合によっては」

なるほどな、そういうことか。この策士が。

——全部、仕組んでたな？

エリカは監査だと言ってイザヤを連れ出し、この洞窟の奥にまで誘《さそ》いこんだ。最初からここで、こうするつもりだったんだ。

だが……それならなぜ、細剣《レイピア》を突きつけるだけで、一気に殺そうとしない？

「……何が狙《ねら》いなんだ？」

「抜《ぬ》きなさい。やりあいましょう」

「そうする理由は？」

「抜きなさい」

「理由がな……」

「抜きなさい」

「…………」

イザヤはランタンを足元に置き、背中の剣《バスタードソード》を抜き放つ。

エリカは数歩退くと、細剣《レイピア》を突き出《だ》すような構えをとった。

地面に置かれたランタンの炎《ほのお》が、ふたりの剣士を照らし上げ――。

一騎打《いっきう》ちが始まった。


「はぁぁぁ――――――――っ！」

先に動いたのはエリカ。

気合いとともに一歩踏《ふ》み出し、迅雷《じんらい》のような突きを放ってきた。

イザヤは読んでいたが――速い。半端《はんぱ》でない速さ。驚きつつもすんでのところで払《はら》いのけ、ギィンと甲高《かんだか》い金属音が洞窟に反響《はんきょう》する。

「せぇいっ!!」

すぐさま次が来る。またしても突き。

払いのける。ガキンという金属音。また突きがとんでくる。

エリカは《突風《ストームウインド》》という二つ名通り、突き、突き、突き、突き、突き、突き……ひたすら猛烈《もうれつ》な突きを繰《く》り出してきた。

シンプルだが、合理的な剣術だ。細剣《レイピア》は受けにまわると弱い。手数で相手を圧倒し、守勢に回らないように戦うのは理にかなっている。

突きが来る。はじく。また来る。またはじく。何度も何度も、その繰り返《かえ》し。

「そんなものですか！　もっとやるかと思いましたが!!」

「…………」

数十合、打ち合って。

ずっと受けにまわりながら、イザヤはどうしたものか迷っていた。

エリカの力量はだいたい読めた。

強い。凡庸《ぼんよう》な剣士なら最初の突きで胸を貫《つらぬ》かれ絶命しているはず。試合という形式で戦えば不覚をとるかもしれない。

だが……ルール無用で命のやりとりをするなら話は別だ。

「……なるほど、よくわかりました」

それは、エリカも感じ取ったらしい。

ふと、動きを止めて……。

「殺されるのは、間違《まちが》いなく私のほうみたいね」

「…………」

「失礼じゃありません？　受けるばかりで、攻《せ》めてこないなんて」

「理由がない」

「自分は破壊の化身なんかじゃない、害はない、そう言いたいのかしら？　だったら、そう主張しなさい！　それくらい、あなたの口でだって言えるでしょう!!」

「それは言いたいが……」

どう言ったらいいんだ？

「うーん……。『迷惑《めいわく》かける気はないです』……これでどうだ？」

「本気なの？」

「もちろん、本気なんだが……」

「…………」

「えっと……うーん。『信じてください』」

「…………」

ああ、わかってるさ。

子供だってもう少しうまいこと言うだろうな。

だから無理なんだってば。口で説得するとか、そういうのは……。

イザヤはなんだか自分が情けなくなって、しゅんと肩《かた》を落とす。

エリカは端麗《たんれい》な顔をしかめてイザヤを睨《にら》みつけていたが……フッとやわらかい表情になる。

「……？」

「ふふ……メジャイル出身で、剣の達人で、魔力にまつわる能力をもっている……ここまでは一致《いっち》している。でも」

細剣《レイピア》を降ろして、言葉を続ける。

「さっき話した勇者は……それはそれは凶悪《きょうあく》で狡猾《こうかつ》な人間だそうです」

「…………」

幸か不幸か、そんなふうに情報が伝わっていたらしい。

「イザヤさんは少なくとも凶悪じゃないし、狡猾さのかけらもない」

「なぜそう言い切れる？」

「あなた自分のこと客観視できてないの？」

「……え？」

「ふふ……これですし」

エリカはふんわりとほほ笑《え》んで、

「ほんとはね……悪い人じゃないっていうのはとっくにわかってたんです。でも、ほら、切羽詰《せっぱつ》まった状況《じょうきょう》で剣を交えれば人間の本性《ほんしょう》って出るでしょ？　それを見たかったの。凶悪な本性が出たら刺《さ》し違《ちが》えてでも……って思いましたけど。取《と》り越《こ》し苦労《ぐろう》でしたね」

エリカは申し訳なさそうに眉を下げて、

「ごめんなさいね。ヨメちゃんのことになると、ムキになっちゃって……。うん、お姉ちゃん、安心しました。イザヤさん、絶対、悪い人じゃない。それに、とっても強いみたいだから……」

エリカがイザヤの素性《すじょう》に対して、疑問を完全に晴らしたのかはわからない。

ただ……。

「イザヤさん。どうかヨメちゃんを守ってあげてくださいね？」

信用できる人物とは、判断してくれたようだった。

こうして……勇者イザヤ・フレイルと王立監査官《かんさかん》エリカ・ベルモンドの一騎打ちは終わりを告げた。

イザヤは剣を鞘《さや》におさめようとするが……そこでふと、手を止めた。

「……イザヤさんも気づきました？」

黙《だま》ってうなずく。

周囲を見ると――いつの間にか、赤い瞳に囲まれている。

魔物の双眸《そうぼう》だ。

ランタンの光が、うっすらと、蜥蜴《とかげ》のような体躯《たいく》を照らし出している。

「……コバルトリザードか。こいつらは腹が弱い」

「あら、イザヤさん、頼《たよ》りになりそうね」

とっさに、イザヤとエリカは背中合わせになって剣を構える。

「ふふ……今度は本気を見させてもらいますからね？」

「善処しよう」

「それじゃあ――」

咆哮《ほうこう》とともに魔物たちがとびかかってくるのと、ふたりの剣が走るのが、ほとんど同時だった。

※

――「イザヤさん。どうかヨメちゃんを守ってあげてくださいね?」

エリカがそう言ったのには、理由があった。

ヨメの父は、ヨメの母を守れなかったからだ。

九年前。錬金術師だったヨメの母は、冒険者であるヨメの父とともに素材を採りに行き、魔物に襲《おそ》われ……死んだ。

ヨメの父は剣を振《ふ》るい必死に応戦したが、力が及《およ》ばなかったらしい。

「あの頃《ころ》のヨメちゃんは……それはもう、見てるのが辛《つら》かったわ。まったく笑わなくなっちゃって……」

魔物たちに襲われてから小一時間後。

イザヤとエリカはヨメと合流するため、来た道を引き返していた。

「誰かが守ってあげないと、と思いました」

「もしかして、剣術を身につけたのは……」

「あら、イザヤさん案外鋭いのね? その通りです。お姉ちゃんがヨメちゃんを守ろう……そう決心したからなんですよね」

口にはしなかったが、錬金術師の監査官をやっているのも、役人という立場からヨメを見守ろうという意図があるからなのかもしれない。

エリカはとにかくヨメの話をした。

「まあ、ヨメちゃん、最近はだいぶ明るくなりましたけどね。特にイザヤさんと出会ってからは、幸せそうに見えますよ。ふふ、妬《や》けちゃうわ」

「…………」

「本当……ヨメちゃんは偉いと思います。お姉ちゃんよりも、ぜんぜん。私は結局、お役人って仕事に逃《に》げましたから。一緒《いっしょ》に錬金術師になろうとか昔は言ってたのに……」

「まあ家のしがらみもあるだろうし……」

「それだけじゃないですよ。お役人のほうがずっと堅実《けんじつ》ですから。お姉ちゃん、つまらない人間なんです。本質的には」

「…………」

「って、ちょっとイザヤさん、これ洞窟の中でする話じゃないじゃない！　今度、お姉ちゃんと飲んで語り合いません？」

「ん、ああ」

そんな会話をしつつ、そろそろヨメと別れたあたり、というところまでやってくる。

「あ、そうそう。今日はさんざんお芝居《しばい》うっちゃいましたけどね、お姉ちゃん本音も言ってたんですよ。どれかわかります？」

「なんだ？」

「――『構いたいし構われたい』」

びくっ。

イザヤが一歩後ずさると、エリカはにたりと笑い、

「うふふ……イザヤさん、お姉ちゃんのことうっとうしい年上女って思ってるでしょう？　ええそうですよ。お姉ちゃん、超～～うっとうしいですからね？　ちなみにさっきからイザヤさんに対してもお姉ちゃんって言ってるの気づいてました？」

「い、いや……」

「さっそく、お姉ちゃんのこと構ってくれません？」

「い、意味がわからないんだが」

「これですよ、イザヤさん♥」

エリカは両手を突き出して、わしわしと何かを揉《も》むようなジェスチャーをする。

あ、あやしい。なんかいたずらされそう！

「魔力、お姉ちゃんにも移してくれません？」

「………」

「ヨメちゃんの姉役として知っておきたいんです。いいでしょ？」

エリカの口調はやわらかかったが、目は有無《うむ》を言わさないぞと雄弁《ゆうべん》に語っていた。

「ちなみに、どんな方法なんですか？」

「手を握《にぎ》ったり、体を接触《せっしょく》させたりする……」

「へえ……。移せる魔力って、量は決まってるの？」

「たぶん……触《ふ》れ合《あ》う面積が広いほど移せる魔力も増える」

「じゃあ、手をつなぐより抱《だ》き合うほうが効果ありってこと？」

「おそらくは」

「わかりました。じゃあ……抱いてください」

「………」

抱いてください、という表現にドキっとした。

もちろん、際《きわ》どい意味ではないのだが……。

「でも前からは恥《は》ずかしいので、後ろから」

エリカが背を向けてくる。

匂《にお》い立《た》つような色香《いろか》の、肉感的な肢体《したい》の持ち主である。厚手の衣装越《ご》しとはいえ、いろいろと意識してしまう。

イザヤは目を逸《そ》らしつつ、そっとエリカの背中を抱きしめた。

「やんっ！」

「へ、変な声出さないでくれ」

「し、しかたないでしょう？　こんなの、初めてなんですから！」

体を密着させ、同時に、魔力を流すイメージをする。

一瞬だけ、エメラルド色の光が、イザヤとエリカを包《つつ》む。

「……まあ、ほんとなのね……魔力が来てる。……熱いっていうか、ぽかぽかっていうか……やだ、なにこれ……」

イザヤはイザヤで、予想通りのやわらかく女性らしい感触《かんしょく》に、どうしたものかと戸惑《とまど》っていたのだが……。

このあと、激しく後悔《こうかい》することになる。

断ればよかったのだ。

ふたりとも緊張《きんちょう》して、近づいてくる人の気配に、気づけなかった。

「イザヤさん、エリカお姉ちゃん、そろそろ戻……………!?」

立ち尽《つ》くすヨメ。

抱きついたポーズのまま固まるイザヤ。

同じく抱きつかれたポーズのまま固まるエリカ。

三人は、偶然《ぐうぜん》にも同じ言葉を吐《は》き出した。

「あ」

「あ」

「あ」

※

ヨメが言うには、イザヤとヨメは「お仕事上のパートナー」である。

プライベートに口出しはしない、という話だったはずである。

別にイザヤがどの女性とどういう関係になろうと、ヨメが口を出す権利はないのである。

……そう、ない。

なのに。

「…………」

夜。

工房《こうぼう》の自室で、イザヤは——正座していた。

洞窟からの帰り道、あそこからもういろいろきつかった。

エリカがヨメに対し、「違うの！　魔力もらうっていうの、試《ため》しただけで！」と弁明し、ヨメは一応、「そうですか」と返答。

しかしそこからヨメは黙り込んでしまい、イザヤもつられて黙る。エリカだけが、散発的に「キノコとタケノコってどっちがおいしいのかしら？」「昨日の天気ってどうでしたっけ？」などと死ぬほどどうでもいいことを口にするだけ。

そんな不毛な時間を過ごしつつ工房に帰宅。自室に入ったとたん、ヨメがぬっとやってきて、低い声で「座《すわ》ってください」と告げた。

その瞬間《しゅんかん》、体が勝手に動いて床に正座した。びっくりした。

するとヨメも折り目正しく正座をしてイザヤと向き合い……いまに至る。

「さて……では始めるとしましょうか」

ヨメはむすっとしていた。

激怒《げきど》、とまではいかないが、明らかに機嫌《きげん》が悪い。

「イザヤさん、自分が何をしたか……、わかってますね？」

「素材を採取しに洞窟に行った……」

——ぴしっ。

ヨメが自分のふとももを叩《たた》いた。苛立《いらだ》っているようだ。

「イザヤさん……口下手なようで、そういう詭弁《きべん》は弄《ろう》するわけですか……。よろしくないですね。いま、この状況で問われているのは、そのことではない……わかりますよね？」

「……エリカのことか」

——ぴしっ。

「わかってるなら、最初からそう言えばいいじゃないですか」

本気でぶってるのか、ヨメのふとももが赤くはれあがる。

「正直わたしは少し怒《おこ》っています。なぜか？　エリカお姉ちゃんは魔力をもらっただけと言っていました。しかし、はっきり言いますが、エリカお姉ちゃんという人は、人をたばかるし、気を使って嘘をつくこともあります」

さすがよくわかっていらっしゃる。

「だいたい、魔力供給するならこの工房ですればいいじゃないですか。それがわざわざ暗い洞窟の中で、しかも後ろから抱きしめてって……。信用できると思いますか？　できませんよ。だからわたしは、イザヤさんにこう言わなければならないのです」

「な、なんだ？」

「エリカお姉ちゃんを誘惑《ゆうわく》するのはやめてください」

「誘惑？」

うっかり声が上ずった。ヨメの顔を二度見した。

イザヤは十八年間生きてきて、自分から女の子にアプローチしたり、アクションを起こしたりしたことは一度もないのだが……。

「俺が……誘惑なんてすると思うか？」

「……しないというか、できないと思います」

「…………」

「でも、イザヤさんだって男ですし、エリカお姉ちゃん色っぽいですし、あの洞窟で水晶とか見てロマンチックになって気の迷いでってことはあるかもしれませんし。それでエリカお姉ちゃんに悪影響《あくえいきょう》あったらイザヤさん連れてきたわたしだって責任感じますし」

「逆の可能性は考えないのか？　あっちが誘惑……」

――ぴしっ。

「自分は悪くないと言いたいんですか？　小癪《こしゃく》な。あの人はあれで意外と男性に対しては純情で真面目《まじめ》ですから、その可能性はないんです」

「…………」

「エリカお姉ちゃん免疫《めんえき》ないし、勘違《かんちが》いしたら大変ですから誘惑はやめてください」

とりあえずヨメの言ってることはわかったが、ここまでむすっとする理由がしっくりこない。

誘惑するなっていうのは建前で、本音では…………ヤキモチやいてる？

そう考えるといろいろ納得《なっとく》なのだが、わからない。真意は謎《なぞ》だ。

そんなふうにイザヤが戸惑っていると、

「ただ、ですね。もしふたりが本気で愛し合うというなら……それはもう、わたしは口出しできないことですし……祝福しますから、きちんと報告していただきたいな、と……」

一転、ヨメが少し不安そうな顔になった。

とにかく、エリカとイザヤのことを気にしているのだけは間違いない。

知っている男女が絡《から》み合う姿にショックを受けて、帰り道ひとりでいろいろ考えてしまったのかもしれない。

「……本当に魔力供給しただけだ」

「あのタイミングで？」

「ああ」

「エリカお姉ちゃんから言ってきたんですか？」

「もちろん」

「そこに至る過程の説明を要求します」

ぽつぽつと成り行きを語る。

「……ということで抱きしめただけだ」

「へえ、『触れ合う面積で移せる魔力の量が変わる』……そうですか」

ヨメはわりとすんなり理解してくれた。基本的に理知的なのだ。

「じゃあ抱きしめると、手を握るより効果が高いんですか？」

「ああ」

「……なるほど」

ヨメは言うと、なぜかベッドの上にちょこんと女の子座りをした。

「どうぞ」

そのまま向きを変え、イザヤに背中を向けてくる。

要領を得ないイザヤがきょとんとしていると、

「わからないですか？　わたしにも、エリカお姉ちゃんにしたようにしてください、ということです」

「……いま？」

「いま」

「…………」

しかたないので、イザヤはヨメを後ろから抱きしめ、魔力を与《あた》えた。エメラルド色の光が一瞬《いっしゅん》ふたりを包む。

エリカほどではないものの腕《うで》に女性らしい感触があって、甘やかな香《かお》りが鼻をくすぐって……。

「…………あ、ほんとだ。魔力、いっぱい来ますね……」

ヨメがちょっと興奮した声を上げる。

「ふふ……ぽかぽかですよ……」

心地《ここち》よさそうに目を細めていたヨメだったが、不意に、

「怒って、すみませんでした」

「いや、わかってくれたならいい」

「ただ……ひとつ忠告させてください。イザヤさんはもう少し、ガードを固くするべきです」

「ガード？」

一騎打ちのときは、一切《いっさい》つけいる隙《すき》を与えなかったが……。

「またとぼけたこと考えてますね？　女性に対して隙だらけだと言ってるんですよ。ちょっと言われたくらいで抱きしめてしまうんですから」

「…………」

「強引《ごういん》な女の子がやってきて、懐《ふところ》に入り込まれた挙げ句どこかに連れていかれたりしたらどうするんですか？」

それ、ごく最近実際にあったような……。

「とにかく女の子に対して警戒《けいかい》してください。何かあってからでは遅《おそ》いですからね？」

「……ああ……」

とりあえず頷《うなず》くが……。

この反応、やっぱりヤキモチやいてる？

そんなイザヤの内心を読んだのか、ヨメは顔を後ろに向けて、

「あの、それと一応言っておきますけど。わたしはイザヤさんのためを思って、忠告しているんですからね？」

「はあ」

「こうして抱きしめていただいているのも、接する面積でどれだけ移せる魔力《まりょく》の量が違うか検証するための行為《こうい》ですからね？」

頬《ほお》をかすかに染めて、ちょっと早口で、妙《みょう》に言い訳がましい口調で。

「エリカお姉ちゃんにやったんだからわたしにもして欲《ほ》しいとか……そういう浅ましい感情の発露《はつろ》ではないんですから…………ね？」

…………。

別に、そんなこと聞いてないんだが。

まあ、なんか機嫌が直ったようだし、とりあえず良かったと思うイザヤであった。

幕間《インタールード》　イザヤとヨメの日常はこんなふうだった。

イザヤとヨメが一緒に暮らすようになって、半月がたっていた。

ふたりの朝は、イザヤのベッドサイドから、だいたいこういうやりとりで始まる。

「イザヤさん、おはようございます。朝です。人類に不偏《ふへん》に訪《おとず》れる朝がやってきました」

「ん…………」

朝の第一声が人類的スケールから始まるが、二声めでここまでスケールダウンする。

「今日のぶんの着替《きが》え、ここに用意しておきますから。それと洗濯物《せんたくもの》、言った通りまとめておいてくださいね」

「ん……」

「イザヤさん、あんまり遅くまで寝《ね》ていると駄目《だめ》ですよ？　規則正しく、とまでは言いませんけど、朝起きて夜寝る。それくらいの人間らしい、いえ、昼行性動物らしい生活は保つべきです」

「…………くう」

「起きましたか。今日も一日よろしくお願いします」

「ぷちあにさんだっ!!」

「……また夜中までぷりてぃなんとかくんを作ってたんですか？　しかたない人ですね」

「…………」

「イザヤさん聞いてますか？」


その後、ヨメが朝食を作る。

ふたりで食べたあとに、一日一回の魔力供給。

この一日一回、というのはヨメの決めたことで、魔力をあまり消耗《しょうもう》しなかったとしても、絶対にやるルールになっている。

「イザヤさんの勤労意欲を減退させないためです。習慣は大切ですからね？　わたしの手を握るなり抱きしめるなりしないと一日を始める気分にならない……早くそれくらい習慣づいてほしいものです。勤労者として」


そこからは日によって違う。

ヨメは工房で接客か錬成《れんせい》。

イザヤは素材の採取に行くか、力仕事をすることが多い。

予定がないときは、ヨメは錬金術《れんきんじゅつ》の研究をして、イザヤはぷちあにさんづくりに精を出す。

その日は、ヨメの手が空いていたので、ふたりで採取に行った。

エルター湖という、王都から東に小一時間ほどでつく湖。

ヨメが昼ごはんを作って持っていき、ちょっとピクニックみたいな空気になって、まったりしていたら魔物《まもの》に襲われてしまい……。

——イザヤが瞬殺《しゅんさつ》した。

こんなのどかな湖に凶暴《きょうぼう》な魔物なんてあらわれない。楽勝とかいう話じゃないくらいの楽勝だったのだが、ヨメは妙に感激していた。

「うーん。どうも、わたしも女子のようです。戦って守られる……。そのようなシチュエーションに身を置くと、こう……その……、嬉《うれ》しいという本心があります」

「はあ」

「とにかくありがとうございます。助かりました」

「いや、大したことじゃない」

「ただひとつ、注意したいことがあります。イザヤさん、戦っているときの自分って客観視したことないですよね？」

「ないな」

「ですよね。あまり人に……というか女性には見せないほうがいいですね」

「顔つきが怖《こわ》くなるからだろ？」

「いえ、雰囲気《ふんいき》が変わるのはそうなんですけど……」

ヨメが妙に言いづらそうにしている。

どうせロクなことじゃない。追及《ついきゅう》してもなんの得にもならない。

「ほら、採るものとって帰るぞ」

早く工房に戻《もど》ってぷちあにさんを作るのが、建設的かつ生産的というものだ。

さっさと歩き出すイザヤの背中に向かって、ヨメは小さくこう言うのだった。

「怖いんじゃなくて……びっくりするくらいかっこよくなるから、なんですけどね……」

第3話　マリーは魔術《まじゅつ》を愛する孤高《ここう》の錬金術師《れんきんじゅつし》だった。

工房に来て三週間がたった。

朝。

イザヤは工房の庭にあるベンチに座り、ぷちあにさん制作にはげんでいた。

春風を浴びながら、大好きな木工をする。それはもう超気分《ちょうきぶん》がいい。

しかし……しかしである。

うーーーーん、参った。

「あのさあ……これって、どうなの?」

「極《きわ》めて効率的、かつ合理的だと思いますが」

「こうするのが?」

「こうするのが」

そうは言うけどこの状況は作業しづらい。

だって……。

ヨメにぴったりひっつかれているんだもの……。

イザヤの丸めた背中を包むように、後ろから。

「なぜこんな事態になっているか、わかっていますよね？」

「だから謝《あやま》ったじゃないか……」

三週間もたつと、最初の緊張感も薄《うす》れて、ちょっとたるむ。

今朝、うっかりヨメへの魔力供給を忘れたままベンチに座ってしまった。

そうしたら、不意に、後ろからがばっと……。

「やることやらずに趣味《しゅみ》だなんて……許されざる話ですよね？」

だからっていきなり抱きついてくるか？

失礼します、と声をかけられはしたけども……。

「イザヤさん、迷惑でしょう？　うっとうしいでしょう？　二度とこんな目にあいたくなかったら、もう魔力供給を忘れないでください。お仕事をきっちりこなす意識づけをしていただく……お節介《せっかい》でしょうけど、これはわたしからの忠告なのです」

「………」

「ということで、このまま魔力供給をお願いします」

首を回してヨメの顔を見ると、いつものしれっとした顔だが、うっすら頬が赤い。

もしかして……本音はただ密着《くっつき》したいだけなんじゃ？

「いいですか、繰《く》り返《かえ》しますがこれはあくまで忠告です。忠告行為なのです」

「……………」

「イザヤさんがどうしても苦痛だというなら、離《はな》れますけど……」

「いや、まあ。そんなことないが……」

ただ、どうあがいたって落ち着かない。

ヨメはけっこう着痩《きや》せするタイプで、こうしてくっつかれると、背中に女性ならではのやわらかい感触を強く感じる。

「……………」

しかたない。イザヤは、木工の手を止めて、魔力を移すイメージを浮《う》かべる。自分の背中から、抱きついているヨメへ。

瞬間、ふたりをエメラルド色の光が包んで……。

「……いつも、どうもです。ぽかぽか、心地いいです」

ちょっとだけ嬉しそうな声。

あらためてヨメの顔を見ると、日向《ひなた》ぼっこする猫《ねこ》みたいな表情で、目を細めていた。

ヨメと暮らして三週間。

あれから、この工房は、ふたりの関係は、何か変わったのか？

結論から言うと、変わったことと変わっていないことがある。

工房の評判は上がった。

イザヤの魔力供給のおかげで、ヨメが高度な錬成をたくさん成功させている。イザヤが採取に行くようになって、ヨメが錬金術に集中できるようになったのも大きい。

しかし、ふたりの関係は……。

食事《おしごと》は一緒だが、部屋は別。風呂《ふろ》も別。もちろんベッドも別。

魔力供給で手を握ったり、抱き合ったりはしているが、それだけ。

新婚夫婦《しんこんふうふ》とよく間違《まちが》われたりするが、当人たちは相変わらずの仲だった。

イザヤは、ヨメが自分をどう思っているか測り切れない。

好意は感じるが……その感情がどういったニュアンスのものなのか。

十八年間、ひたすら剣《けん》を振って生きてきたイザヤは、女の子の機微《きび》なんてわからない。

本当に、謎すぎる。

ただ、ひとつ確実に言えるのは——いまの暮らしがイヤではないということだった。

たっぷり数分はひっついて、ヨメはそのあと出かけていった。

エリカの依頼《いらい》を受けて、王立の講堂で錬金術の実演をしてくるらしい。

イザヤは特に予定がないので、そのまま庭のベンチで木工を続ける。

作っているのは、ぷちあにさんの最新作、熊《くま》のくまあにさん。超自信作《ちょうじしんさく》だ。

完成したら誰《だれ》かに見せたいが……ヨメやエリカは興味なさそう。チェルシーちゃんはちょっと苦手。となると、素材屋のウィン君か。

あのあと一度剣の稽古《けいこ》をつけたが、イザヤさんイザヤさんとなついてきて、とってもかわいい。どうせなら自分の趣味も理解してほしい。

「こういうの、興味ある？」……いきなり突《つ》き出《だ》してみるか。どんな反応するかな？　ふふ、ふふふふふ……。

などと、イザヤがニヤついていると——。

かっぽ、かっぽ、かっぽ、かっぽ……。

いかにもな馬蹄《ばてい》の音が響《ひび》いてきた。

馬車だ。顔を上げると、黒塗《くろぬ》りに金細工のあしらわれた馬車が、工房のほうに向かってくる。

ふうん黒塗りの馬車か……。

イザヤが馬車に目を向けたのは一瞬で、またすぐ木工に集中する。

だから気づかなかった。馬車が工房の前に止まり、中から日傘《ひがさ》をさしたひとりの少女が出てきても、手元の木工に意識を向けたままだった。

「もし、もし……。どなたか、いらっしゃいますでしょうか?」

「……ん?」

「もし、もし、どなたか……」

鈴《すず》が鳴るような、可憐《かれん》な少女の声。視線を向けると敷地《しきち》の入り口に誰かいる。

——お人形さん?

と見まがうばかりの、美しい女の子だった。

年齢《ねんれい》はヨメと同じくらい。

鮮《あざ》やかなミディアムロングの金髪《きんぱつ》。

フリルがたくさんついたゴシックふうの衣装に、はためく黒マント。

整った顔の中央で輝《かがや》く碧眼《へきがん》は、これでもかというほどに澄《す》んだ光を放っている。

客だろうか？

イザヤが立ち上がって少女の前まで行くと、嗅《か》いだことのないフローラルな香りが鼻をくすぐった。なんか高そうな匂いだ。

「ああ、お初にお目にかかります」

黒マントの少女は、日傘を閉じると、スカートのすそを軽くもちあげて優雅《ゆうが》に挨拶《あいさつ》をした。

「わたくし、マリーゴールド・ヴァレンタインと申します。どうぞお気軽にマリーとお呼びくださいませ」

「どうも……俺《おれ》はイザヤ・フレイルだ」

「職業は錬金術師。もう少々詳《くわ》しく語ると、マリーゴールド流錬金術の偉大《いだい》なる開祖であり、『太陽のマリー』と賞賛を浴びる錬金術師、でございます」

「は、はぁ」

「ちなみにこちらのヨーメリアさんとは『太陽のマリー、月のヨメ』と並び賞されております。控《ひか》えめに申し上げまして——宿敵、という間柄《あいだがら》かと」

「………」

なんだいきなり？

開祖とか二つ名とか宿敵とか連発されたんだが……。

「あら？　戸惑ってらっしゃいます？　ではもう一度申し上げましょう。『太陽のマリー、月のヨメ』でございます」

「聞いたことないが」

「ふふ……、無知は衆愚《しゅうぐ》への第一歩でございますよ？　ぜひご記憶《きおく》に留《とど》めてくださいませ。このわたくしが考案・流布《るふ》した尊称《そんしょう》ですので」

「ああ……自称《じしょう》か」

「………。す、少し口に気をつけたほうがよろしいかと」

このマリーという子、若干《じゃっかん》変人の匂いがしているが……とりあえず観察してみる。

ベルトにフラスコをぶらさげているし、錬金術師というのは本当かもしれない。ヨメの宿敵というのはどうだか知らないが。

「ところで、イザヤ様。そちらはこの工房の商品でしょうか？」

「商品？」

あ……。うっかり、熊のぷちあにさんを握ったままだった。

「ふふ、そんなかわいらしいくまさん人形を錬成して悦《えつ》に入《い》っているとは……。ヨーメリアさんは、少女趣味がぬけきらないようですわね」

「いやこれ、俺の作品だけど」

「まあ左様でございますか、イザヤ様の……」

マリーは楚々《そそ》と言いかけるものの、

「ええ～～～～～～～～～～っっ!?　あんたが作ったのっっ!?」

一瞬、表情が崩《くず》れる。

「…………」

「…………あ」

マリーは、おっほん、とわざとらしく咳払《せきばら》いをすると、表情を整える。

「た、たいへん失礼いたしました。実はわたくし、イザヤ様に用がありまして」

「俺に？」

とたん、マリーは食いかかるような顔でイザヤににじり寄り、

「ヨーメリアさん、最近、難度の高い錬成を次々と成功させ、名を高めているようですわね？　先天的に魔力の少なかった、あの、ヨーメリアさんが」

「……ああ」

「イザヤ様が、何かしたのでしょう？　何をしたのか包み隠《かく》さず、おっしゃってくださいませ」

「言う義務はない」

「左様でございますか……」

マリーは目を鋭《するど》く細めて、

「わたくし、親から金銭を押《お》しつけられておりまして、経済力はあると自負しております。わたくしの金銭が人の手にわたり、こちらの工房にとって何か不幸なことが起きてしまわないか心配ですね？　金銭で動く人間はたくさんおりますし」

「………」

回りくどい言い方だが、完全に脅《おど》しだった。

黒塗りの馬車や、身に着けている黒マントは、かなりお金がかかっているように見える。経済力があるというのは嘘《うそ》じゃないだろう。

「おっほん。もう一度お聞きいたしますわ。ヨーメリアさんに何をされたのでしょう？」

「……俺の魔力をヨメに移している」

イザヤが答えた瞬間、マリーは完全に表情が崩れた。

「はぁぁぁぁぁあっっっ⁉　なにそれ‼　そんなの、可能なの⁉」

「ちょっと、いろいろあってな。そういう力をもってる」

「あんた、魔術師《まじゅつし》？」

「まさか、俺が一番関《かか》わりたくない人種だ」

「………………」

マリーは腕を組むと、眉間《みけん》にしわを寄せ、何か考え始めた。

イヤな予感がする。

このあとに出てくるセリフは……たぶん……。

「あたしに試しなさいよ」

やっぱりこうなった……。

エリカもそうだったが、どうも体験したくなるらしい。

「いい？　あんたに拒否権《きょひけん》なんてないわよ。断るって言ったら、ここ、地上げするから」

素がまるだしの口調。もう猫をかぶる気はないようだ。

なんだか厄介《やっかい》なことになってしまったが、しかたない。イザヤは無言でマリーの手をつかもうとする。

「ちょ、ちょっと！　何あんたから触《さわ》ろうとしてんのよ！　あたしから触るんでもいいんでしょ⁉　けがらわしい‼」

「………………」

だったら好きにしてくれ。

イザヤが空いている左手を差し出すと、マリーはためらいがちにつんつんとつついた。

「……何も起きないんだけど？」

「さすがにそれくらいじゃ……。魔力は流れない」

「流しなさいよ」

「……いくぞ」

イザヤは唐突《とうとつ》にマリーの手をつかみ、魔力を流し込むイメージを浮かべる。

一瞬、エメラルド色の光がふたりを包《つつ》み……。

「きゃんっ………………こ、こらぁ‼」

かわいらしい悲鳴を上げたあと、烈火《れつか》の形相になるマリーだったが……。

「え、うそ……。なにこれ………あったかい……ほんとに魔力が来るじゃない……」

「まあこういうことだ」

初めは驚《おどろ》いていたマリーだったが、すぐにキッとなって、

「姑息者《こそくもの》！　ズルいじゃないの！　どういうことよ、あんた説明しなさいよ!!」

「そう言われてもな……」

うーん、なかなか困った状況《じょうきょう》になった。

マリーに絡まれることだけでもじゅうぶん厄介なのだが……さらなるイヤな予感がする。

エリカに魔力供給を試したときと、似た展開になっている。

となると、次に起こることは……。

「イザヤさん、あなたはどうしてそんなに隙だらけなんですか……」

……ほら、な。

横を向くと……毛を逆立てた猫みたいに眉《まゆ》と目をつりあげたヨメが、こっちを睨《にら》みつけていた。

※

マリーゴールド・ヴァレンタイン。十六歳《さい》。

裕福《ゆうふく》な名門貴族ヴァレンタイン家の末娘《すえむすめ》で、錬金術師。

生まれもった豊富な魔力を活かし、魔術を取り入れた、独自の錬金術を使うという。

黒い衣《ころも》に身を包んだ、自称《い》——ヨメの宿敵《ライバル》。

黒のマリーと白のヨメ。

太陽のマリーと月のヨメ。

そういう、対照的なふたりがいま……相対した。

してしまった。

「あなたは……マリーゴールド……」

「あら、ごきげんよう。ヨーメリアさん」

イザヤから離れたマリーがヨメの前に立ち、尊大そうに胸を反《そ》る。

「うちになんの用ですか？」

「端的《たんてき》に申し上げますと、敵情視察でございますの」

「そうですの。さっさと出てってほしいですの」

「ちょ……あたしそんな嫌味《いやみ》な口ぶりじゃないわよ！」

「いえ、我ながらそっくり真似《まね》できたと思いましたが」

「相変わらず腹立つ女ね。すました顔がまた嫌味だし！」

「生まれつきこういう顔ですので」

憎々《にくにく》しげにヨメを睨みつけるマリーだったが、不敵な表情に戻る。

「ふふ……ふふ……やっぱりあたしとあんたは、相容《あいい》れない。命を懸《か》けて戦う運命にあるようね」

「いや別に命は懸けませんけど」

「宣戦布告するわ。勝負、つけようじゃないの！」

マリーは言い放つと、一枚の紙をヨメの眼前に突き出した。

そこには……。

宮廷晩餐会《きゅうていばんさんかい》・招待状

「あたしのとこに届いたわ。あんたも、監査官《かんさかん》からもらってんでしょ？」

「なるほど……。宮廷晩餐会の相手、あなたなんですか」

宮廷晩餐会とは王宮のパーティで、ふたりの錬金術師がそれぞれ錬金術を披露《ひろう》しあうという伝統行事だ。

国王の判定で、優劣《ゆうれつ》もつけられるという。

「要するに……ヨメとマリーが錬金術で勝負するってことか？」

「まあ、そういうことですね」

錬成する題材は事前に決められており、今回のお題は――。

「ふふん、あたしの大得意なホムンクルスよ」

錬金術にうといイザヤでも、ホムンクルスがどういうものかは知っていた。

もの凄《すご》く簡単に言うなら「動く人形」である。

ドールボディという肉体と、コア・マテリアという動力源からなり、主の命令を聞いて作動する。

錬金術師が何かしらのショーをするとき、ホムンクルス錬成はよく選ばれるテーマらしい。

「どちらがより輝ける錬金術師か、はっきりさせるいい機会よね。もっとも太陽がのぼれば月は隠れるのが、天の道理というものだけど」

マリーは不敵に笑うと、フローラルな香りを残して馬車に戻っていく。

そのまま立ち去るかと思いきや、手に包みを持って戻ってきて、

「ああ、そうそう、これ忘れるとこだったわ。……おっほん！　大陸伝来の高級ドーナツです。おふたりで召《め》し上《あ》がってくださいな。ふふ……」


「あの子、ずいぶんヨメを意識してるな？」

マリーが帰ったあとの昼下がり。イザヤとヨメは工房《こうぼう》の広間でテーブルを囲んでいた。

ヨメはもらったドーナツを手につかみながら、

「年も同じですし、性別も同じですし、生まれた街も同じですし……その、自分で言うのは気が引けますけど、いまこの街で若い錬金術師といったら……」

「ヨメとマリーだと？」

「まあ……はい」

ヨメはドーナツをかじり、むっ、という顔をする。

「これ、まさかマリーの自作じゃないですよね？」

「口に合わないのか？」

「逆です。超《ちょう》おいしいじゃないですか。小癪《こしゃく》な」

「たぶん、買ったものだと思うが――ヨメも女の子なので、甘《あま》くておいしいものには目がない。小癪です、小癪ですなどと言いながら、ぺろっとたいらげる。

「……わたしたちの関係で決定的だったのは、ふたり同時に発表した錬金術のレポートなんですよね」

錬金術師は独自の理論をまとめて、発表することがある。

ヨメとマリーは、同時期にそれぞれの理論を打ち出したのだが……。

「これがもう……真っ向から、対立する内容で」

先人たちのリスペクトから出発しているヨメと、先人たちの否定から出発しているマリー。

笑えるほどの正反対で、自他共に認める「宿敵」という構図ができあがってしまったらしい。

「マリーの実力はわたしも認めてるんですよ。ただ……あの子は自意識が強すぎるというか、承認《しょうにん》欲求の塊《かたまり》というか……。自分が全《すべ》て、自分がオリジナルだ、という主張が凄いんです」

ないだろう。

ヨメは、錬金術は母や祖母から受《う》け継《つ》いだものだと思っている。そりゃあ、意見が合わないだろう。

「負けたくないか？」

「もちろんです。おばあちゃんとおかあさんも晩餐会に出て勝ったそうですから。わたしだけ負けられませんよ」

「そっか……。俺もできるだけ協力する」

「はい。ありがとうございます」

イザヤは招待された錬金術師ではないが、事前に魔力を与《あた》えたり、力を貸したりするのは問題ないだろう。

そこで話が一段落したので、俺もひとつ、とイザヤがテーブルのドーナツをつかもうとすると……ひょい、とヨメが先につまんでしまう。

「ところでイザヤさん。さきほどマリーの手を握《にぎ》っていた件についてですが」

「う……」

ヨメは白い眉間に深いしわを刻ませて、

「どうしてそうガードが甘いんですか？　このドーナツより甘いですよ？　のんきという

か警戒《けいかい》が足りないというか……。女の子を見たらケダモノと思うくらいでちょうどいいんですからね？」

「ケダモノ……」

「仕方ありませんね。ということで、ここはあーんをすることにします」

はぁっ⁉『ということで』って……全然話つながってないだろ？

「得意そうにドーナツを渡《わた》したマリーも、あーんなんて使われ方をするとは思っていないんじゃないですか？　ふふ……まずはひとつ、わたしが勝つということですよ」

メチャクチャな論理である。

しかしヨメはもうドーナツを手にしていて、ちょっと照れくさそうに、

「イザヤさん、あーんしてください」

「あ、あーん」

もぐもぐ……。

「もう一口どうぞ」

「あ、あーん」

もぐもぐ……。

「マリー、どうですか。あなた自慢《じまん》のドーナツはこんな羞恥行為《しゅうちこうい》の道具にされているんで

すからね。ふふ……ふふ……」

「…………」

あーんを羞恥行為というセンスには、なかなかちょっとびっくりした。

興奮しているのかほんのり紅潮していたヨメだったが、不意に真顔に戻り、

「ところでイザヤさん的には、このドーナツっておいしいですか？」

「ああ」

「どれくらい？」

「ほっぺたとろけそうなくらい」

素直《すなお》に答えるとヨメはむむっと目を細めて、

「今度、ドーナツ作ります。まあ、見ててくださいよ。高級舶来品《はくらいひん》より家庭の味だと、思い知らせてやりますから」

妙《みょう》な対抗心《たいこうしん》を燃やすのだった。

※

その日から、ヨメの「特訓」が始まった。

打倒《だとう》、マリーゴールド・ヴァレンタイン。

ホムンクルス錬成は、マリーのほうが手馴《てな》れているらしい。簡単には勝てない。

ヨメは日々の錬成をこなしたあと、深夜まで錬成の実験を続けた。

ホムンクルスのキモは、動力源になるコア・マテリアだ。

ヨメはその試作品を何度も何度も錬成して、こうじゃないとかああじゃないとか、ひとり頭を悩《なや》ませた。

「わたしは天才じゃないですから。作って、壊《こわ》して、作って、壊して……そうやって完成に近づけていくしかないんです」

「なかなか奥《おく》が深そうだな……」

ヨメの努力を見ていると、なんとかしてやりたいという思いが湧《わ》く。

しかしイザヤは錬金術そのものは素人《しろうと》だ。つい、こんなことを口走ってしまう。

「錬金術って必殺技《ひっさつわざ》とかないのか？」

「必殺技……ですか？」

「凄い錬成テクニック、みたいな」

ちょっと呆《あき》れるヨメだったが、

「よく言われるのは……錬金術の極意《ごくい》は『相反するもの同士を結合させる』こと、ですかね。例えば、火と水。男と女。太陽と月……」

「ヨメとマリー、とか？」

「…………。絶対やめてください」

金髪美少女と銀髪《ぎんぱつ》美少女の結合……かなり絵になりそうだけど、当人はそりゃイヤか。


そんなこんなで数日後。

工房にまたマリーが出没《しゅつぼつ》した。

朝、庭でイザヤとヨメが一緒《いっしょ》に草むしりをしていると、例の馬車でやってきて、

「ごきげんよう」

とたんヨメが、わざとらしく耳に手をあてるジェスチャーをする。

「あれ？　イザヤさん、いま幻聴《げんちょう》が聞こえませんでした？」

「……っ……。おっほん！　なぜか一瞬《いっしゅん》で耳が不思議な仕様になるとはおかわいそうに。日ごろの行いが悪いのでしょうね。あぁ、おかわいそう。あぁ、自業自得《じごうじとく》」

「何しに来たんですか？　うちは金髪で黒い服を着た十六歳の貴族令嬢《れいじょう》の錬金術師は立ち入り禁止なんですが」

「それピンポイントであたしじゃないの!!」

マリーはその日、ヨメと口喧嘩《くちげんか》だけして帰って行った。

さらにその二日後。

ヨメとイザヤが工房の広間で昼食をとっていると、またしてもマリーが出没した。

「ごきげんよう」

「黒い波動によりごはんの味が著《いちじる》しく低下するので、食べ終えるまでそのへんの地面にでも埋《う》まっててくれませんか？」

「あん、なんですって⁉　黒い波動って何よ⁉」

「埋まるのにおすすめの場所ありますよ。墓地です」

「……っ、この……。……おっほん！　あらあら、そのような減らず口を叩《たた》いてらっしゃいますと、そちらが正統な手続きをふんで墓地に埋まることになりますわよ？　このわたくしにブチ殺されて！」

その日も口喧嘩だけして、帰って行った。

このふたりはいつもこんな感じである。

ヨメは適当にあしらっているのだが、マリーがムキになってつっかかるので、結局、やりあうことになるのだ。

「あの子、何しに来てるんだろうな？」

「偵察《ていさつ》とか威嚇《いかく》じゃないですか？」

晩餐会での勝負が決まってから頻繁《ひんぱん》にやって来るようになったので、何か意図はあるのだろうが……。

「考えるだけ無駄《むだ》だと思いますよ。錬金術師って癖《くせ》の強い人多いですから」

「………」

「イザヤさんいまわたしのこと見てませんでした？」

「滅相《めっそう》もない」

イザヤは錬金術師ではないので、ヨメとマリーの勝負はどうしても部外者という感がぬぐえない。

「錬金術《れんきんじゅつ》のことはわたしが考えますから大丈夫《だいじょうぶ》ですよ。イザヤさんはマリーに勝ったあとのことを考えていてください」

なんでも、勝者は晩餐会のあとにある建国祭で、パフォーマンスをする権利が与えられるという。

「勝者のパフォーマンスか……」

うまくやれば、ヨメの評判が大きくアップする。何かいいものあるだろうか？　もちろん、錬金術を活かしたもので。

朝。庭のベンチに座《すわ》ったイザヤが、「パフォーマンス、パフォーマンス……」とつぶやいていると、またマリーがやってきた。

「ごきげんよう」

「ああ……」

「太陽の登場よ、刮目《かつもく》することね」

「ヨメならいないぞ」

今日も王立の講堂で実演している。

「いつ帰ってくるかわからない。すまんな」

「あらそう」

お目当ての宿敵は不在だから、この自称太陽さまはすぐ帰るだろうと思ったのだが……。

マリーは断りもせず、当たり前のように馬車に積んでいた椅子《いす》を使用人に運ばせて、イザヤの座っているベンチの真ん前に置いた。

魔王《まおう》の玉座みたいな、禍々《まがまが》しいデザインの椅子である。

そこにマリーは深々と腰掛《こしか》けると、ふんぞりかえってドーナツを食べ始め、

「ああドーナツおいしいわ……。あたし大好き。おっほん。……イザヤ様、あなたもおひ

とつ、お召し上がりになりますかしら？」

「………」

「できる人間っていうのは、椅子にこだわるのよね。どう、この魔王チェア？　座り心地《ごこち》いいのよ。見たいならもっと近くで見ていいわよ？」

「………」

「……あんた、ちょっと、返事くらいしなさいよ。このあたしにビビってるのか、緊張《きんちょう》してるのか知らないけど」

「………」

また面倒《めんどう》なことになった……。

っていうか、なんで帰らないいんだ？

「まさかこのままこのあたしを無視する気？　太陽に目を背《そむ》ける……それの意味がわかってるのかしら？」

これは……本格的に相手しないほうがいいタイプかもしれない。

イザヤはもそっと立ち上がると、何も言わず工房の玄関《げんかん》へ向かう。当然マリーが「こら！」とか「ちょっと!!」とか喚《わめ》きだしたが、無視だ、無視。

するとマリーはすぐ静かになって、不意に……。

「イザヤ・フレイル!!　こっち見ろーーっ!!」

甲高《かんだか》い叫《さけ》び声《ごえ》を背中にかけられ、反射的に振《ふ》り向《む》くと……。

「――――!?」

マリーが右手に矢のようなものを構え、思い切り投げつけてくるところだった。

イザヤがとっさに身をかわそうとすると、矢は空中に舞《ま》い上がって爆発《ばくはつ》。ばぁぁぁんっ！　と派手に火花をまき散らす。

「……どういうつもりだ？」

「くく……見た？　メジャイルの打ち上げ花火を取り入れた錬成物よ。このあたしを無視なんてするヤツには、これくらいして当然ね！」

ちなみにアルリオンには打ち上げ花火はない。魔術《まじゅつ》の発達したメジャイル独特の花火様式だ。

「打ち上げ花火だと……」

「ええ。あんた、メジャイル出身なら知ってるんじゃないの？」

「…………」

イザヤは真顔になる。

おい……。なぜメジャイル生まれと知っている？

確か、名前は言ったが出身国は言っていないはずだ。

マリーはドーナツ片手に魔王チェアから腰《こし》を浮《う》かすと、イザヤに詰《つ》めよってきた。

「ねえ……。なんであたしがあんたに絡《から》んでると思う？　なんであんたがメジャイル出身って推測できると思う？　それにはちゃんと理由がある」

マリーはまじまじとイザヤの顔を見上げて、

「……あんたってジュダス・サイモンとなんか関係あるんでしょ？」

瞬間《しゅんかん》、イザヤはこめかみがヒクついた。

「魔力《まりょく》を他人に与える……。そんな能力、常人はもっているはずがない。あたしの知る限り、ジュダス・サイモンくらいよ」

イザヤはその名前を忘れられない。

誰よりも強大な魔力をもち、誰よりも卓越《たくえつ》した魔術を使い、そして、誰よりも深い闇《やみ》を抱《かか》えていた魔術師、ジュダス・サイモン。

故郷メジャイルの人々は彼《かれ》を恐《おそ》れ――魔王と呼んだ。

すなわち、ジュダス・サイモンとは、かつてイザヤが討《う》った魔王の名前なのだった。

「……なぜ、ジュダスみたいな力をあんたがもってるのか、興味深い話よね？　ちなみに、あたし、ジュダスの魔術はかなり研究して錬金術に取り込んでるわ」

「………………」

「それもあって、あたしの錬金術は異端《いたん》と言われるけど……いつの時代も革命児は初め異端扱《あつか》いされるという、歴史の証明になってるわよね」

マリーはそこから聞いてもいないのに、魔術と、それを取り込んだ自分の錬金術の偉大さを語り出した。

たちまち、目がらんらんと輝きはじめる。

健全な輝きじゃない。どこか、狂的《きょうてき》だ。

イザヤの故郷メジャイルは魔術が盛んで、こういう目をした魔術師がたくさんいた。

彼らは全員、ある共通点があった。みんながみんな、笑ってしまうほど同じ特徴《とくちょう》をもっていた。

「……そうか。わかった」

「突然《とつぜん》なによ？」

「君について、わかった」

「あら、そう？　あたしの深淵《しんえん》に触《ふ》れて偉大さがわかったってこと？　殊勝《しゅしょう》じゃない。賢《けん》明《めい》じゃない。お利口さんじゃない。くくく……」

故郷にいた魔術師たちに共通した特徴。それは……。


「君、友達いないだろ？」


「――――――は？」

マリーの動きが面白《おもしろ》いように一時停止し、眉と頬《ほお》がピクピク動く。

「と、友達って………。くっだらないわ。目線が低すぎる。まあ、凡人《ぼんじん》には天の高みにある太陽の気持ちなんてわからないんでしょうけど！」

魔術に傾倒《けいとう》する人間は、だいたい人と交わらない。

いや、人と交わらないから、魔術にハマると言ったほうがいいか。

あ、もしかして。

「まさか……勝負をきっかけに俺たちと仲良くしたがってる？」

「……あのね、それはないわ。本気でない。偵察だから、これ」

マリーは真顔になるとドーナツを食べきり、手についた粉をなめてから、

「なんかしらけた。あたし帰る」

そそくさといなくなった。


その後もマリーは何度か工房にやってきて、ヨメと口喧嘩をして、言い負かされて帰るという行為《こうい》を繰《く》り返《かえ》した。

不毛だなと思うが、まあ、マリーにはマリーの考えが何かあるんだろう。

晩餐会まではあと数日。

イザヤはこのまま当日を迎《むか》えるかと思っていたが……。

ある日の夕方。

イザヤが広間の隅《すみ》にある作業机で木工をし、ヨメがキッチンで夕飯を作っているというタイミングで、またしてもマリーがあらわれた。

「ごきげんよう」

当然、ヨメと口喧嘩になるかと思ったら、そうはならなかった。

いや、なったのだが、いつもと流れが違《ちが》っていた。

晩餐会での勝負の話になり、マリーがこう言い放ったのだ。

「あんたとあたしじゃ勝負になんないわよ。魔力の差があるんだから」

ヨメは生まれつき魔力が少ない。

マリーは生まれつき魔力が多い。

ホムンクルスは魔力がものをいう錬成物で、明らかにマリーが有利。イザヤがヨメに魔力を与えても、果たして勝負になるかどうか。

そのことはヨメも承知している。

だから、その発言だけで終わっていれば、いつも通りの口喧嘩で済んだのだが……。

「…………」

ヨメが黙《だま》ったので、マリーはいまこそ言い負かすチャンスと、調子に乗ったようだ。

「ふふ、……あたしは錬金術に魔術を取り入れた、錬金術界の革命児。対するあんたはち、ち、ちまちま薬つくってるような錬金術師でしょ？　あたしホムンクルス錬成大得意だし。今回の晩餐会、ミスマッチングじゃないの？」

「ちまちま、薬……？」

ぷちあにさんを彫《ほ》りながら聞いていた――というかイヤでも耳に入ってくる――イザヤ

も、それは良くないと感じた一言だった。

案の定、ヨメが珍《めずら》しく激高する。

「…………謝《あやま》ってください。わたしだけじゃなく、おばあちゃんとおかあさんを侮辱《ぶじょく》しています」

「……う、なによ」

「あなたはわからないでしょう？　この工房が街の人たちをどれだけ救ってきたか。謝まってください。早く！」

「…………」

マリーがそのとき、妙に悔《くや》しそうな顔をしたのが、イザヤは印象的だった。

「……………ない」

「え？　なんですか？」

「あたしの知ったことじゃないわ。何がおかあさんとおばあちゃんよ。何が街の人よ。そんなの……くだらないんだから！」

ヨメが絶句すると、マリーはフリルのついたスカートをひるがえしながら、逃《に》げるように駆《か》け去っていった。

「…………」

「…………」

残されたイザヤとヨメは、しーんという静寂《せいじゃく》に包まれる。

ヨメはマリーの出て行った玄関を見つめたまま、何も言おうとしない。

ちょっと気まずいので、イザヤはなだめるように、

「まあ、あの子もそこまで悪気はないというか……」

「マリーの肩《かた》もつんですか？」

「いや、まあ、そういうわけじゃないけどな」

まずいまずい。下手なこと言ったら火に油を注ぐ。

イザヤは慌《あわ》てて木工に意識を戻《もど》し、ヨメも料理を再開する。

しかし……イザヤは集中できなかった。マリーの去り際《ぎわ》の言葉と態度が、頭から離《はな》れない。

なんであんなに感情的になったんだろうか？　ヨメに向けてくだらない、とか叫んでいたが……。

「イザヤさん、あの……」

集中できないのはヨメも同じだったようで、料理の手を止め、イザヤのほうにやってき

た。

「わたし、マリーへの態度を反省しました。少し、考えをあらためる必要があるかと」

なるほど、仲良くする気になったか。

うん、いいことだろう。晩餐会で勝負するとはいえ、別に敵というワケではないんだし……。

「わたし、マリーにお仕置きしますね」

「…………」

お、お仕置き？

久々に不穏当《ふおんとう》な言葉が飛び出てきてしまったため、イザヤはちょっとうろたえる。

ヨメは据《す》わった目で、淡々《たんたん》と、

「わたしが平和に相手をしていたため、マリーはつけあがってしまったようですね。言ってはいけないことを言い、謝ろうともしない……。完膚《かんぷ》なきまでに勝利し、思い知らせることがお仕置き……教育になると判断しました」

「は、はあ」

「勝利するためにはもっとマリーを知る必要があるでしょう。ですので……」

「マリーゴールド偵察《ていさつ》作戦を発令いたします」

※

「そうか、いってらっしゃい」

「……イザヤさん明日のご予定は？」

「もちろんぷちあにさん作りをするが」

「そうですか。ごはん持参で偵察行為というのも、楽しいひとときだと思いませんか？」

「…………」

ということで、翌日の昼。

イザヤはヨメと一緒に、ランチボックスを持ってマリーの工房へと向かった。

王都の北側。貴族や騎士《きし》の邸宅《ていたく》が建ち並ぶ通りを進んでいくと、真っ黒な建物が目に飛び込んでくる。

「マリーの工房って、あれか？」

「はい。ふだん着ている服も黒いですし、馬車も黒塗《くろぬ》りですし、よっぽど黒が好きなんでしょうね」

「だな」

こっそり真っ黒な建物に近づいて、様子をうかがう。

「マリーは…………あ、いるみたいです」

玄関の扉《とびら》は閉まっているが、側面の窓が開いており、工房の中が見えた。

ふたりで覗《のぞ》き込むと、そこは――。

「……これまた趣味《しゅみ》がわかりやすい部屋ですね」

中央に邪悪《じゃあく》そうな魔王チェアがデンと鎮座《ちんざ》し、床《ゆか》にはあやしげな魔法陣《まほうじん》。

メジャイル式の与呪器や、魔物《まもの》の卵みたいな錬金炉《ろ》もある。

一言で表すなら……「魔王の居室」だ。

錬金術に魔術を取り入れているというのは、どうやら本当らしい。

「えーと、配分はこうでしょ。で、水銀と硫黄《いおう》を……いや、ちょっと水銀入れすぎね、もっと減らして……代わりにエーテル水入れて……うーん……うーーーーーん……」

マリーはその部屋の中を、魔術書片手に行ったり来たりしていた。

なお、もう片方の手にはドーナツを持っている。

「あー……。マリーってドーナツばっかりの食生活っぽいですね……。わたし、注意してきましょうか?」

「今度にしとけ」

こんなときまで世話好き属性発揮しないでくれ。

ふたりに気づいていないらしいマリーは、やたらうんうん唸《うな》っていたが、

「ダメ、ダメ!! これじゃ錬成《れんせい》できない!! やっぱ、基本にたちかえらないと!!」

不意に持っていた本を放《ほう》りだすと、ブロンド頭をかきむしって、本棚《ほんだな》から別の本を取り出した。

「へえ、マリーも『ヘルメスの書』派なんですか。案外、基本を重視するんですね」

「なんだヘルメスの書って?」

「昔の錬金術師が書いた本ですよ。凄いオーソドックスな内容なんですけど、わたしは基本が大事だと思うので愛読してるんです」

「マリーもそれ読んでる、と」

「ええ。水銀の入れ方とかわたしと似てるっぽいですね」

水銀がどうこう言われてもイザヤには意味不明だが、錬金術師として意外と通じ合うものがあるのかもしれない。

その後、しばらく観察を続けて……。

「なんか、わかったか？」

「はい。わかりました。イザヤさん。冷静に聞いてください」

「──わたし、間違《まちが》いなくマリーに負けます」

「…………」

「あそこ、見てください」

ヨメの白い指が、部屋の壁《かべ》に飾《かざ》ってある緑色の石をさす。

「あれ、エメラルドストーンっていって、そうそう錬成できない代物《しろもの》なんですよ」

「ヨメでも無理か？」

「とてもとても。相当な魔力必要ですし……。あれを錬成できるのって、この街じゃマリーだけでしょうね」

「そうか……」

「はい。マリーはただの異端《イロモノ》じゃないです。しっかりした下地があったうえで、魔術という応用をきかせている……さすがですよ。凄く努力してるんだと思います」

ヨメはどこかしみじみとしたような、感心したような口調だった。

錬金術師として、やっぱり通じ合うものがあるのかもしれない。

「さて、どうしたものか」

「どうしたものでしょうね」

イザヤとヨメは、真っ黒な外壁《がいへき》に背をもたせかけるようにして、腰を下ろした。

ヨメの作ったサンドイッチを頬張《ほおば》りながら、ふたりでうーんと唸る。

偵察に来てわかったのは、マリーが想像していたよりずっと優秀《ゆうしゅう》な錬金術師だということ。

そして、現状では、ヨメに勝ち目がないということ……。

「このままじゃ、こっちがお仕置きされちゃいますね」

「やっぱり……魔力の差がでかいか？」

「そうですね。まずそこで五分にもっていけないと、キツイです」

「そのために俺《おれ》がいるんだが……」

ヨメは軽く首を振りながら、

「イザヤさんから魔力をもらっても、まだまだマリーの魔力が上ですよ」

つまり……マリーに勝つには、もっと多くの魔力を与えなくてはならない。

その方法をどうするか。

「いままで手を握ったり、抱《だ》きしめたりしていただきましたけど……それでは足りないわけで」

「はい」

「考えるしかない、か」

そこで会話を止めて、ふたりとも黙って考える。

なんとか打開策を見つけたいが、そう簡単に良いアイディアが思《おも》い浮かぶわけもなく……二分ほど経過。

イザヤが最後のサンドイッチを胃袋《いぶくろ》におさめると、口元を見ていたヨメが、

「あっ」

と声を上げた。

「ん？　何か思いついたか？」

「イザヤさんそこ。レタスついちゃってますよ」

ヨメがハンカチを取り出して、イザヤの口元を優《やさ》しくぬぐう。

「とれました……あっ」

今度はなんだ？　まだ何かついてるか？

「魔力って体内にたまっているものですよね。体内に近い部分を接触《せっしょく》させる、とかどうでしょう？」

「内臓同士くっつけるとか？」

「き、気持ち悪いこと言わないでくださいよ」

一瞬、顔をしかめるヨメだったが、

「…………あ、いえ。それアリかも。内臓は無理ですけど、体内、体内から、続いてる、器官とか」

なるほど。それは試《ため》す価値がある。

「わかった。じゃ、さっそくやるか」

体内と直結している部分といったらまず……口だ。

イザヤは唐突《とうとつ》にヨメの右手をとると、人さし指を口にくわえた。

魔力を注ぐイメージを浮かべると、一瞬、エメラルド色の光がふたりを包《つつ》んで……。

「あっ……も、もう。イザヤさん相変わらずいきなりなんですから……」

はむはむ……。

「あっ、やっ……くすぐったいっ……ふふっ……」

こそばゆそうに目を細めたヨメだが、すぐに驚《おどろ》いた表情になる。

「え……。かなり……魔力流れてきてますよ……」

「ふぉんふおふぁ？（ほんとか？）」

「ほんとかって言ったんですか？　はい、凄《すご》いです、ぜんぜん違いますよ……」

「ふぉうふぁ（そうか）」

「いつもよりぽかぽかだし……いいですよ、これ……」

「ふぉれはよかっら（それはよかった）」

よし、ヨメの言った通りだ。体内に通じている器官を使うと、より多くの魔力を移せるらしい。

となると、さらに多くの魔力を移すには…………。

「――工房《ひとんち》の前で、何をやってるのかしら？」

「…………」

イザヤがヨメの指をくわえたまま顔を上げると……。

窓から顔を出したマリーの、これ以上ないくらいに苦々しい顔と、視線がぶつかった。

イザヤとヨメは反射的に体を離して、「あ……」と固まる。

「いえ、言う必要はないわ。どう考えたって嫌《いや》がらせでしょ、コレ」

晩餐会《ばんさんかい》で勝負をする相手が、男女ペアでやってきて、窓の下でわざわざ見せつけるように指をしゃぶっていたら……。

「まあ、嫌がらせに感じるだろうな」

「ですよね。逃げたほうがいいと思いますよ。できるだけ迅速《じんそく》に」

「おっっほん!!　そう言わず少々お待ちいただけますかしら？　贈《おく》り物《もの》を差し上げますので」

イザヤとヨメが立ち上がるのと同時に、マリーはいったん窓際《まどぎわ》から姿を消した。

数秒後、再びあらわれると……。

「溶けろぉぉっっっ!!　ナメクジ以下よ、あんたたちなんてっっ!!」

塩をぶちまけてきた。

「きゃあっ」

「くっ……って、これけっこう高級な塩だな。うまいぞ」

「イザヤさん、なに味わってるんですか。ほら、退散しますよ！」

「塩なめるって……くぅぅぅぅっ……とことん人のこと馬鹿《ばか》にしてぇぇぇぇぇっ……」

「いや、これほんとにいい塩だな。草にかけて食いたい」

「草って……わたしちゃんとごはん作ってるじゃないですか」

「………」

「でもたまには食いたくなるし」

「王都ではそのへんの草、むしって食べたら駄目《だめ》ですよ？　はしたないですからね」

「………」

「ほら、帰りましょう。帰ったら洗濯《せんたく》しますから服脱《ぬ》いでくださいね」

「ああ、わかった」

「………」

ふたりのやりとりを黙って見ていたマリーの顔が、トマトみたいに真っ赤に染まる。

——これはまずい。

あの顔……。相当ヒートアップしている。

いままで見てきたマリーの性格からすると、このあとはたぶん、絶叫《ぜっきょう》してなじってくるか、塩を大量にぶっかけてくるか、その両方か……。

そう思ったが、意外にもマリーは沈黙《ちんもく》してうつむいた。

「…………いよ」

顔を下に向けたまま、何か言っている。小さくて聞き取れない。

「…………なさいよ」

全身が小刻みに震《ふる》えだした。なんだか様子がおかしい。

イザヤとヨメがあれ？　と怪訝《けげん》に眉《まゆ》をひそめた、そのとき。

「あたしの視界から……、消《き》え失《う》せなさいよ……」

そこでマリーが顔を上げて……。

イザヤはう、となる。

――青いまなざしが、氷点下のように凍《い》てついていた。

※

イザヤにとって、マリーゴールド・ヴァレンタインという少女は、どこか憎《にく》めない相手だった。

きゃんきゃん吠《ほ》えかかってくるが、愛嬌《あいきょう》のある犬のようなもの。

ヨメやイザヤに向けてくる感情も、本気の憎しみや敵意ではないように感じていたのだ。

だが、いまは……。

「堕落《だらく》の極《きわ》みね。反吐《へど》が出そう」

青い瞳《ひとみ》にほの暗い炎《ほのお》が宿っている。イザヤたちを完全に敵と認識《にんしき》した目になっている
……。

マリーは底冷えするような低い声で、ヨメに問う。

「ねえ、ヨーメリア……。錬金術師って、たったひとりで薄暗《うすぐら》い工房にこもって、研究して、実証して、脳が耳からひり出てくるんじゃないかってくらい唸って……そうやって戦っていくもんじゃないの？」

「…………」

「それが男とイチャついて……うわっついた顔さらして……あたし、そんな錬金術師、絶対認めない」

「……錬金術師は何を錬成するか、です」

「フン、結果でもの言うってわけ？　……だったら」

マリーが人形のように整った顔をゆがませて、こう吐《は》き出す。

「今度の勝負で負けたほうは、この街から出て行く。いいわね？」

ヨメが眉を寄せて何か言い返そうとすると、

「もう決定したから、ごちゃごちゃ言うんじゃないわよ？　その男と一緒《いっしょ》に知らない国にでもいってよろしくやりなさい。ロマンチックでいいんじゃないの？」

「おばあちゃん、おかあさんから受《う》け継《つ》いだ工房は、あの場所にあってこそです。街の人たちと触れ合《あ》ってこそです。そんな条件、のめませんね」

「街の人たち、ねえ……」

マリーは苛だったように、碧眼《へきがん》に力をこめる。

「あたし、あのへん全部地上げできるのよね」

「……本気ですか？」

マリーはもちろん、とうなずき、

「あたしとあんたは同じ時代に、同じ街にいないほうがいい。少なくともあたしはあんたという存在を視界に入れたくない」

「そんなにも、わたしの存在が不愉快《ふゆかい》だと」

「ええ、そうよ」

　これはさすがに、黙って見てられない。

　イザヤはヨメの前に少し身を乗り出して、

「そういうことなら、俺は本格的にヨメに力を貸すが」

「たまらず口出してきたわね、イチャイチャ男」

　マリーは待ってましたとばかりイザヤを見据《みす》えて、

「望むところよ。ヨーメリアひとりじゃ相手にならないでしょ？　あんた、たっぷり魔力《まりょく》与《あた》えなさいよ。このあたしの孤高《ここう》の錬金術《れんきんじゅつ》が、あんたたちの超ムカつくイチャイチャ錬金術を破ってこそ意義があるんだから」

「……いいんだな？」

「何度も言わせないで。これはヨーメリアとあたしだけの戦いじゃない。あんたも込みの、イ、イ、イ、イ、イチャイチャ対孤高。そういう、聖戦なの」

　マリーはイザヤとヨメを交互《こうご》に睨《にら》みつけ、吠える。

「負けたほうは、神話から退場するのよ。もちろん、勝つのはこのあたしだけど。あんたたちはかませ犬一号、二号にすぎないけど！　だって、神話の主人公は……、いつだってひとりなんだから！」

ここまできたら、もう後戻《あともど》りはできない。

イザヤはもう部外者じゃない。完全に当事者になった。

ヨメ・イザヤの錬金術と、マリーの錬金術……激突《げきとつ》だ。

言いたいことを言ったらしいマリーは、黒いスカートのすそをひるがえし、部屋の奥《おく》に戻ろうとする。

しかし、ふと足をとめるとイザヤたちのほうを振り返って、

「あたしはあんたたちとは違う。あたしは——ひとりで戦う」

残されたイザヤとヨメは、どちらからともなく、顔を見合わせた。

※

——孤高。

——ひとりで戦う。

人生はわからないとイザヤは思う。

ヨメと出会う前のイザヤは、どう考えたって、ひとりで戦う側の人間だった。

それなのに、いま……マリーの言うイチャイチャ側の人間になっているのだ。

「本当に、人は変われば変わるもんだな」

ぼそりとそうつぶやいた言葉は…………酔《よ》っ払《ぱら》いたちの喧噪《けんそう》にかき消される。

いまいるのは、酒場の店内。

あのあと工房に戻って、夜にエリカがやってきて、「飲みましょ」と誘《さそ》われて……酒樽《さかだる》のたくさん積まれた、いかにもな酒場に連れてこられていた。

なお、ヨメも同席しているが……、

「くぅ……」

赤い顔をイザヤの肩にのせて、寝息《ねいき》をたてている。

エリカに飲め、飲めとすすめられ、あっさりと潰《つぶ》れてしまったのだ。

おとなしく潰れたのではなく、それはもうあれこれ絡まれたのだが……そのへんは割愛《かつあい》。

「ふふ、ヨメちゃんぐっすりね……ところでイザヤさん、いまボソリとなんて言ったの？

お姉ちゃん聞こえませんでしたけど」

「本当に、人は変われば変わるもんだな……と」

「へえ～、自分のこと？」

「まあな」

イザヤは一口飲んで、さらに続ける。

「人との出会いこそ錬金術……そうも思う」

「あーらあらあら。なにそれ、イザヤさんがそんなこと言うなんて珍しいじゃない。酔ってるのかしら？」

「どうかな」

「……ほろ酔いなのはいいですけどね。イザヤさんあなた、お姉ちゃんに言うことあるわよね？」

テーブルを一緒に囲むエリカが、呆《あき》れた表情になる。

「言うこと？」

「ヨメちゃんとマリーちゃんに、なに変な約束させちゃってるのよ！　その場にいたんでしょ⁉　止められなかったの⁉」

「う……」

「本っ当に信じられない……『人との出会いこそ錬金術』って、それ自体はお姉ちゃんも否定しませんけど……のんきすぎ！」

「すまん」

強面《こわもて》をしょんぼりさせるイザヤに、エリカははぁと諦《あきら》めたような息をつき、

「まあ……素直《すなお》だからお姉ちゃん許しちゃいます。ほんと得な人ね、イザヤさんは」

「…………」

そこでエリカが一杯《いっぱい》あおったので、イザヤも続く。

「ぷはぁ……それにしてもマリーちゃんも困った子ね。どうしたものかしら」

「なんであんなにヨメを敵視するのかな」

あれはもうレポートで意見が対立したとか、同世代のライバル意識とか、そういうレベルじゃない。目の敵にしているというか、異様に執着《しゅうちゃく》しているというか……。

するとエリカが少し考える顔になり、

「まあ、これはお姉ちゃんの推測になりますけど、マリーちゃん……」

「モテないからじゃないかしら？」

「…………え？」

モテない？　あれだけ綺麗《きれい》な子なのに？

「……ふふ、ってのは冗談《じょうだん》。正確には、もってない。もってるヨメちゃんが、うらやましい

くいんじゃないかしら？」

「うらやまにくい……」

「ええ。いい？　ヨメちゃんにはイザヤさんがいる。お姉ちゃんもいる。おうちは代々錬金術師で、周囲の理解もある。街の人たちともそれなりにうまくやっている。これ全部もってるのがヨメちゃん」

それに対して、マリーは……。

「マリーちゃんのお家は名門貴族で、お姉さんやお兄さんは正統派の貴族。マリーちゃんが錬金術師になることに周囲は大反対。親からはお金と使用人だけ与《あた》えられてほぼ勘当《かんどう》。あのプライドだから気安く仲間もつくれない。お客さんと仲良くなることもない……ね、もってない、でしょ？」

なるほど。だから「孤高」を気取るのか。

「あとマリーちゃんのほうがヨメちゃんよりちょっと背が低くて、おっぱいも小さいわね」

「それは関係ないような……」

まあ、とりあえずイロイロと納得《なっとく》がいった。

イザヤの友達いないだろうという指摘《してき》は当たっていたし、ヨメが母や祖母、街の人たちの話をするとマリーが苛立《いらだ》つ理由もわかった。

単純に、マリーの心に刺《さ》さるワケだ。あの子にはないものを突《つ》きつけられるから。

「お金や使用人与えられただけでも相当恵《めぐ》まれてるんですけど……マリーちゃん、それにはあんまり価値を見出《みいだ》してないっぽいのよね」

「……。あの子も、ヨメにないものをもってるだろ？」

「ええ。魔力《まりょく》ね。マリーちゃん、それだけは大きなアドバンテージだったんだけど……イザヤさんがあらわれて、その差をだいぶ埋《う》めちゃいましたから」

だからイザヤにも興味を抱き、というか抱かざるを得なくなり、絡《から》んできた。

「どうしようどうしよう、このままじゃ負けちゃうかもと焦《あせ》って、それはもう複雑な心境のときに……イチャイチャっぷり見せつけられて……ばんって、爆発《ばくはつ》しちゃったんじゃないかしら？」

「なかなか……面倒《めんどう》くさい子というか……」

「錬金術師の女の子なんてそんなのばっかりよ？　ヨメちゃんもけっこう癖《くせ》あるし」

「まあ、同意する」

エリカはふふ、と笑って、

「ヨメちゃんも、マリーちゃんも、本質的には同じなのよね。器用に世渡《よわた》りできるって子じゃなくて、これだってことにひたすらうちこんで、一点突破《とっぱ》でなんとかするってタイプ。

……イザヤさんも、基本はそっち側の人間でしょ？」

それはそうだろうな。

ひたすら剣《けん》を振《ふ》って生きてきた。それしかできなかったし、するつもりもなかった。

錬金術に全《すべ》てを賭《か》けようとするヨメやマリーと、道は違《ちが》っても、根っこの部分は通じるものはあるような気がする。

「はぁ、お姉ちゃんだけ器用に役人なんかやってて不器用勢のカヤの外、みたいなポジションなのかしら。寂《さび》しいわあ……けっこう本気で」

「…………」

イザヤは変な愚痴《ぐち》をこぼすエリカから、視線をヨメの寝顔《ねがお》にうつす。

自分のことはともかく、ヨメとマリーが通じ合える者同士だというなら……。

そのすぐあとエリカと別れた。

イザヤはエリカがわりと冷静だったことが気になった。

ヨメが負けたら、街から出て行くことになるというのに……。

ヨメの勝利を信じているか、あるいは……何か考えていることがあるんだろうか？

※

酒場を出て工房への帰り道。

イザヤは、背中にヨメの重みを感じながら、人気のない街路を歩いていた。

ヨメがまだ目覚めないので、おぶっている。

顔を上げると、視界いっぱいに広がる星空。

もう春も半ばだが、夜はまだ肌寒《はださむ》い。

ヨメが風邪《かぜ》でもひかないようにあたためてやりたいが……いっそ魔力供給でもするか、
などと考えていると、

「あふぇっ？」

背中から、寝《ね》ぼけ気味《ぎみ》のかわいい声がする。

「おはよう」

「ふぇ？　…………あ、ふぁい」

そのまま一、二分。

今度は、しっかりした声で、

「すみません……すぐ降ります」

「いいって。まだふらつくだろ？」

「じゃ、お言葉に甘《あま》えて」

工房まではもう少し距離《きより》がある。

犬の遠吠《とおぼ》えがどこかから聞こえるなか、ひっそりした夜の王都を、進んでいく。

「晩餐会、もうすぐだな」

「ですね」

イザヤは何気なく夜空を見上げながら、いま、一番聞きたいことを口にする。

「マリーに勝ちたいか？」

エリカと話して、マリーがヨメを意識する心情はそれとなくわかった。私的な感情とはいえ、マリーにはヨメと戦う理由がある。

じゃあ、対するヨメはどうなんだ？　イザヤはあらためて、それが知りたい。

「そうですね……」

ヨメは少し考えてから、こう切り出した。

「勝ちたいというより……正確には、守りたい、ですかね」

「守りたい？」

「ええ、だって――」

ヨメは言葉にひときわ力を込めた。

「わたしはイザヤさんとのイチャイチャに誇《ほこ》りがありますから」

「…………」

「って、言葉はしょりすぎですか？」

「ああ」

「じゃあ補足を。……マリーはイチャイチャとかなじってきましたけど、イザヤさんがいなかったら、チェルシーちゃんを救えませんでしたし。おばあちゃんやおかあさんの本当の跡継《あとつ》ぎに、なれませんでしたし」

「……まあ、それは」

ヨメは「青臭《あおくさ》いこと言って申し訳ありませんが」と前置きして、

「イザヤさんとも、おばあちゃんやおかあさんとも、街の人たちとも……あ、ついでにエリカお姉ちゃんとも……わたしはそういう人たちとのつながりのなかで、自分の錬金術を形づくっていくつもりです。だから、マリーがわたしの大切なつながりを否定するなら……わたしはそれを守らなくてはと思うんです」

「そうか」

「それが結果的に勝つ、ということなら勝ちたい、になりますが」

「うん」

「すみません、理屈《りくつ》っぽくて」

「いや。聞いて良かった」

ヨメはたぶん、マリーを憎んでも嫌《きら》ってもいない。

ただ、自分の大切なものを否定するというのなら、全力で守ろうというのだ。

やっぱりどこか、母猫《ははねこ》さんみたいなタイプだなと思う。

「イザヤさんは、どうですか？」

「俺か。俺は……」

自分がどうこうというより、ヨメが勝ちたいというならヨメを勝たせてあげたい。

大切なつながり……言葉にするとちょっと照れくさいが、そんなふうに自分を思ってくれる人は、じいちゃんをのぞけば、いままでただのひとりもいなかったのだし。

それに……イザヤにはある考えがあった。

ヨメとマリー、ふたりの戦いには、絶対これがベストという最良の結末がある。それを達成するには、勝利が必要なのだ。

「まあ、勝とう」

「はい。負けたら街から追い出されちゃいますしね」

「ああ。負けられないな」

マリーに勝つ。強大な魔力の持ち主に勝つ。

そのためには……。

「あの方法しか、ないか」

「やっぱり……イザヤさんも、そこにたどりつきましたか」

「ヨメもそうか？」

「いやあ……それはそうですよ。っていうか、もうそれしか思いつかないです。マリーに勝つ、たった、た、た、ひとつの方法」

ああ、そうだな。あの方法なら……。

孤高の錬金術師に勝てるかもしれない。

※

そして晩餐会の夜がやってくる。

決戦の場所は王宮のホール。

広々とした空間にテーブルが「コ」の字に配置され、その中央に白銀色をした高級そうな錬金炉《ろ》が置かれている。

着席しているのは、王族とその親族が二十人ほど。少し離《はな》れたところに、書記官や宮廷《きゅうてい》画家の姿も見える。

一番目立つ位置に座《すわ》っているのが、アルリオン国王アルヴィン・アリアン・アルリオン。総髪《そうはつ》にひげという容貌《ようぼう》で、優しげだが威厳《いげん》がある。三十二歳《さい》で、王としてはまだ若い。

その右隣《みぎどなり》には、愛くるしい童女のアリエル姫《ひめ》。

たおやかな王妃《おうひ》や、凛々《りり》しい王弟の姿も見える。

そんな王族ファミリーの居並ぶホールに——正装をした錬金術師ふたりが、揃《そろ》って入場してきた。

「おお……」

場がざわめく。ホールの隅《すみ》で見ているイザヤとエリカも、その存在感に息を呑《の》みそうになる。

黒のマリーゴールド。

白のヨーメリア。

まさに——両雄《りょうゆう》、並び立つ。

ふたりとも杖《つえ》を構え、マントをなびかせ、堂々たる行進だった。

「ヨメちゃん、素敵《すてき》っ……!! お姉ちゃん感激しちゃう! ……でも、マリーちゃんも素敵!! ……ふたりセットで、とってもかっこいい!!」

ふたりセット……確かにこのふたりは並ぶことでお互《たが》いが栄えている。

黒い衣装と白い衣装。金髪《きんぱつ》と銀髪《ぎんぱつ》。激しい雰囲気《オーラ》と静かな雰囲気《オーラ》。

鮮《あざ》やかなコントラストが、目にまばゆい。

この、同じ時代、同じ場所に、神が生み落とした運命の双子《ふたご》とでもいうべきふたりの少女は——。

さっそく視線をぶつけあっていた。

「…………」

「…………」

ただし、以前のような言葉の応酬《おうしゅう》はない。もう、そういう関係ではなくなったのだ。

エリカが困ったような顔をして、

「あら、あの子たち火花散らしてるけど……なんていうか、前と雰囲気変わっちゃったわね。何度かあのふたりが顔合わせたことあったけど、前はもっとこう……楽しかったの

「楽しい……まあ、そうかも」

「監査官《かんさかん》としては、ヨメちゃんもマリーちゃんも、どっちも自慢《じまん》したい、うちの国のかわに」

いい錬金術師なんですけどね……イザヤさんもそう思わない？」

「…………」

イザヤがエリカの言葉にどう答えようか考えていると、エリカがふと思い出したように、

「……ところで、あらためて確認《かくにん》しますけど……イザヤさん本当にアレする気なの？」

「ん……？　ああ。する」

エリカはぽっと頬《ほお》を赤らめて、

「そうですか……マリーちゃんに勝つにはしかたないですけど……。ほどほどに、ね？」

エリカは言うと、ホールの中央に進み出ていった。

監査官として、この場を取り仕切る役らしい。

いよいよ——決戦のときがやってきた。

まずはマリーから。

イザヤとヨメは、ホールの隅からその様子を見守る。

マリーは錬金炉の前に立つと、周囲にうやうやしく一礼をし、いきなりこんな口上をのべはじめた。

「いま、そこで宮廷画家の方が筆をとっています。書記の方が様子を書き記しています。よろしいことですが、できれば吟遊詩人《ぎんゆう》も招いていただきたかった。なぜなら——今宵《こよい》、神話が始まるからです。いま、ここに……マリーゴールド神話の開幕を宣言いたしましょう！」

「あれ、完全に自分に酔ってますよね」

「マリーらしいな」

とにかく、マリーは何もかも芝居《しばい》がかっていた。

黒い杖を大げさにふりかざし、黒マントをひらひらさせながら、観衆の前を練り歩く。

それをわざわざ三回繰《く》り返《かえ》し、ようやく錬金炉の前に戻《もど》ると、奥からメイド風の使用人が台車を運んできた。

ホムンクルスの肉体、ドールボディが載《の》せられているようだが……。

それが出てきたとたん、場がざわめきだした。

「……なんだあれ？」

てっきり、人形職人にでも作らせた最高級のボディを用意してくるだろうと思っていたのだが……。

「泥《どろ》、ですね」

ヨメのつぶやいた通り、台座の上にあったのは、ぐちゃぐちゃの泥土《でいど》だった。

「皆様《みなさま》はゴーレムをご存じでしょうか？　魔術《まじゅつ》の秘儀《ひぎ》で作りだす、人工の生命体でございます。わたくしのホムンクルスは、このゴーレムの秘儀を取り入れたものなのです」

マリーが告げると、使用人が錬金炉の小窓を開け、泥を投下していく。

さらには石材、粉末……。

「それでは参りましょう。マリーゴールド流錬金術、ご覧あれ!!」

マリーが高々と杖を突き上《あ》げると、瞬間《しゅんかん》、エメラルド色の粒子《りゅうし》が錬金炉を包み込む。

数秒もすると錬金炉がガタガタと揺《ゆ》れ出して、カッという閃光《せんこう》。視界が白く染まる。

ばち、ばちばち、と稲妻《いなずま》がはぜるような音が響《ひび》いて……。

数十秒後。

マリーがみずから錬金炉の前面についている扉《とびら》を開くと、そこには――美しい少女が立っていた。

もちろん人間ではない。体が、くすんだ赤一色。人間の表面を薄《うす》い粘土《ねんど》で覆《おお》ったらこうなる、というような姿だった。

「ふふ……陛下に挨拶《あいさつ》をしなさい」

マリーが命じると、少女——ホムンクルスはなめらかな挙動で、国王の前にひざをついた。

その動きに「おおお」と驚きの声が重なる。ここまで人間に近い動きができるホムンクルスは、そうそうない。

「これは……素晴《すば》らしい」

「ありがたきお言葉。そちらはただのホムンクルスではございません。ゴーレムの秘儀を取り入れたゴーレムクルス、ドロシーでございます」

「ゴーレムクルス……魔術用語ですか？」

「いいえ。このわたくしが考案、流布《るふ》いたしました」

まったく流布はしていないが、それはいいとして。

「魔術と錬金術の融合《ゆうごう》によって現出する革命的な新世界……それこそがマリーゴールド流錬金術なのです。これからもわたくしのおしすすめるアルケミスト・ルネッサンスを、その御目《おめ》でとくとごらんくださいませ」

王族の前でよくもまあそこまで大言壮語《たいげんそうご》できるものだが、国王はできた人だった。

期待していますと優《やさ》しく微笑《ほほえ》んで、何度もうなずいてから……ふとこう尋《たず》ねる。

「ところでこのドロシー、自我《じが》はあるのですか？」

「それはありません。ホムンクルスですから」

「失礼いたしました。ここまで人間のように動けると、勘違《かんちが》いしてしまいますね」

ホムンクルスはあくまで「人形」だ。自分の意志はもたない。

「いや、たいへん立派なものを拝見いたしました。眼福です」

「はっ。……ドロシー、感謝の舞《まい》を披露《ひろう》しなさい」

マリーの命令に応じて、ドロシーは軽《かろ》やかなステップを披露。拍手喝采《はくしゆかつさい》を浴びた。

出番を終えたマリーが、ドロシーを連れてイザヤたちのほうにやってきた。

ヨメと視線が合うが、

「…………」

「…………」

もう口喧嘩《くちげんか》もしない。言葉を交わそうともしない。

「マリーちゃんお疲《つか》れ様《さま》、さすがねぇ～、見てて惚《ほ》れ惚《ぼ》れ……」

エリカがにこやかに話しかけるが、憎々《にくにく》しげに、

「監査官は当然そっち側、と」

「……え？　……ちょっと待ってマリーちゃん！　ヨメちゃんのことは確かに愛してますけど、監査官としては一線引いてますから！」

「説得力皆無《かいむ》ね。……まあいいわ。敵は全部倒《たお》す。それでこそ孤高の錬金術師だもの」

マリーはもう話すことはないとばかりその場から離れようとするが、イザヤがこう声をかけると足を止めた。

「それでいいのか？」

「……は？」

「ひとりは寂しいだろう。俺《おれ》もいまならわかる」

とたん、マリーはキーッとイザヤを睨みつけ、

「いまならわかる？　なにそれ？　あたしのこと上から見る気？　ふざけんなよ」

どうもイザヤの言葉で火がついてしまったらしい。

「いい？　友人、恋人《こいびと》、家族……そんなものあたしはいらない。この服のフリル一枚ほどの価値もない」

「極論だな」

「いいえ正論よ。群れるって行為《こうい》は、弱者の保身。強きは孤高を保てるものなの。おわかりかしら？」

「……いつか闇《やみ》に堕《お》ちるぞ」

故郷にはそういう魔術師《まじゅつし》が数え切れないほどいた。あの魔王《まおう》もそうだった。

「ふんっ。このあたしは闇になんて飲まれない。マリーゴールド・ヴァレンタインには透《とう》徹《てつ》な意志がある。不断の志がある。峻厳《しゅんげん》な魂《たましい》がある。だから……闇すら取り込んでやるの」

マリーは眉間《みけん》に力をこめ、唸《うな》るように言い放つ。

「あたしは、死ぬまでひとりで戦う」

「…………」

「あんたたちみたいな、群れる連中とは違う。錬金術師は孤高であるべき。錬金術だけが恋人であるべき。それがあたしの示すべき正義。ザ・ジャスティス。──滅《ほろ》びよ！　イチャイチャ錬金術!!」

目をギラッとさせ、イザヤの眉間を撃《う》ち抜《ぬ》くように指さして叫《さけ》ぶマリー。

マリーは孤高という自分のアイデンティティを信じている。それはわかる。

でもな。

──あたしは、死ぬまでひとりで戦う。

そう言ったとき……ほんの少し、本当にほんの少しだけど。

瞳が陰《かげ》っていたような……。

マリーは「さて、勝ちは決まったようなもんだし、あとのパフォーマンスについて考えようかしら」などと言いながら、イザヤたちの前から離れる。

………。

イザヤは、ふと尻《しり》のポケットに手をやる。

そこには、一枚の紙が入っているのだが……。

マリーとあらためて話をして、実感した。

これを用意しておいて、本当に良かった。

ヨメとふたりで、この孤高の錬金術師に勝つ。

そして、これを使って……最良の結末を迎《むか》えてやる。

※

ヨメの番がスタートする。

錬金術師の正装に身を包《つつ》んだヨメが、錬金炉の前へ立つ。

そこに、イザヤがドールボディを載せた台車を運んでいくのだが……。

「……かわいい!!」

アリエル姫が立ち上がって声を弾《はず》ませた。

どうだ！

イザヤは誇らしかった。誇らしすぎて気絶しそうだった。

「パパ、ね、あれかわいい、あれ！」

「ええ……かわいらしいですね」

国王父娘《おやこ》が微笑む視線の先――。

台車の上に鎮座《ちんざ》しているのは……ぷちあにさんだった。

ヨメをちょっと意識して作った白猫のぷちあにさんなのだが、ただのぷちあにさんじゃない。なんと手足が動く最新型だ。

王族の前に木工作品を堂々と披露する……。

報《むく》われた。木工人生が報われた。ヨメの無関心にもめげず作りつづけた甲斐《かい》があった。

ひとり感激して、ずっかずっかと足取りも力強くなるイザヤだったが……。

「ふふ……。ボディ、それでくるとはね」

マリーが失笑《しっしょう》している。

マリーだけじゃなく、大半の観衆が微妙《びみょう》な反応で……。

構わない。ホムンクルスは見た目じゃない。いや、この子は見た目も超素晴らしいが、中身の勝負だ。

マリーの完璧《かんぺき》なホムンクルスを超《こ》えるには、いままでにないほどの魔力をヨメに注ぎ、最高のコア・マテリアを生み出《だ》さなければならない。

そのために……イザヤはまだ、ヨメに魔力を与えていなかった。

錬成する直前に、大量の魔力を注ぎ込むためだ。

「イザヤさん、来てください」

ヨメが呼んで、イザヤがそばに立つ。

本来、イザヤはそこまでヨメに近づいてはいけないのだが、今回は特別にエリカの許可をとっている。

たくさんの視線を浴びながら、ふたりは向かい合う。

イザヤは胸が熱くなっていた。

これから披露するのは、ヨメだけの錬金術《れんきんじゅつ》じゃない。ヨメとイザヤの錬金術だ。その、第一歩だ。

「いいな、ヨメ」

「はい」

ヨメの白い頬が朱《しゅ》に染まった。さすがのヨメでも、このあとにすることを考えれば、まあ当然の反応だ。

マリーの工房《こうぼう》を視察したとき、イザヤは口を使って魔力を移した。

体内から続く器官は、より多くの魔力を移せるというヨメの仮説は当たっていた。

あのときはイザヤだけが口を使ったが……。


お互い、口を使ったらどうなる……？


「な、ちょっと!!　えええええええええ～～～～～～～～～～っ!?」

さすがにその行為は予想できていなかったのか、マリーが絶叫《ぜっきょう》した。

どよめきがおきている。何をするか聞いていたエリカも「あっ」と吐息《といき》をもらし、頬を両手でおさえ照れている。

しかたない。

だって、イザヤとヨメは――抱《だ》き合《あ》って思いっきり唇《くちびる》を重ねたのだから。

そりゃ、もう……。

ふたりとも、顔真っ赤で。

イザヤ・フレイル、生まれて初めてのキスだった。

緊張《きんちょう》して、ヨメの背中に回した手がかすかに震《ふる》えている。

ヨメはというと、身長差があるからほんの少し背伸《せの》びして、イザヤの背中にぎゅっとしがみついている。指が背中にくいこんでちょっと痛い。

いつもクールなヨメだが、慣れていない感がありありとでていた。たぶん……ヨメも初の経験なんじゃないか。

ヨメの唇はほんちょっとだけ濡《ぬ》れていて、独特のやわらかい感触《かんしょく》があった。

羞恥心《しゅうちしん》をごまかしたいこともあり、イザヤは目をつぶってひたすら魔力を注ぐイメージを浮《う》かべる。

「……う……ふぅ………」

ときおり唇から漏《も》れ出《で》るヨメの吐息が、熱かった。

ふたりがなかなか唇を離さないため、観衆が騒然《そうぜん》となった。なかには「陛下の前で無礼な」と憤《いきどお》る者もいたが、エリカがこれは錬成《れんせい》前の儀式《ぎしき》です、必要な準備なのです、などと説明してなだめている。

「ぷ…………ふぅっ」

たっぷり、二分。

じゅうぶん魔力を注いだというところで、唇を離す。

ヨメは少しぽうっとなっていたが、次第《しだい》に目に力をみなぎらせて、

「ありがとうございます。いっぱい……いっぱい……もらえました」

イザヤはうなずき、ドールボディや、用意していた素材を錬金炉の中に入れる。

ヨメは白い杖を空中にかざして錬成を開始。

エメラルド色の粒子が錬金炉を包み込み、しばらくすると炉が揺れ始めて――。

閃光。

ヨメの錬金術が、完成した。

少し時間をおいてから、イザヤが錬金炉の扉を開けると、中には猫のぷちあにさんのみ。

見た目は何ひとつ変わっていないが、コア・マテリアを内蔵したホムンクルスになっているはず……。

「国王陛下に挨拶しなさい」

ヨメが命じる。

しかし……微動《びどう》だにしない。

「……挨拶、しなさい」

動かない。

愕然《がくぜん》となる。嘘《うそ》だろ、失敗したのか？

しかし……まったく命令を聞かないなんて。最悪でもぎこちなく動くくらいにはなると思ったのに。

「ふふ……ふふふ……」

とたん、マリーが愉快《ゆかい》そうに笑い声を漏らす。

「わかった？　あんたたちのイチャイチャ錬金術なんて、しょせん、こんなものなのよ。孤高《ここう》の錬金術師が負けるわけないんだから!!　ふふ……ふはは……ふはははは！　正義の勝利、あたしの勝利よ!!　思い知ったか、かませ犬ども!!　ふはは、ふはははははははは!!　ふははははははははははははははははははははははは!!」

ホール中に響き渡《わた》るマリーの哄笑《こうしょう》。

その迫力《はくりょく》に、場がシンとなる。

勝敗は明らかだった。判定なんてする必要もない。

誰《だれ》が見ても、マリーの勝ち――。

そのはずだった。マリーは真っ先に、勝利を確信したはずだ。

しかし……。

「ふはははははは…………………………………………え？」

その異変に気づいたのもまた、マリーが最初だった。

ぷちあにさんがぴくりと震えたかと思うと、四《よ》つん這《ば》いになって動きだしたのだ。

いわゆる……ハイハイ。

「……!? 国王陛下に、挨拶しなさい」

ヨメがはっとなって、すかさず命令を下す。

ぷちあにさんは聞かない。ハイハイしたまま、ヨメのほうに近づいていく。

ヨメは何度も何度も「国王陛下に挨拶を」と命じた。だが、ひたすら、よちよちと、ヨメに向かっていく。

生まれたての仔猫《こねこ》が、母猫のもとに向かうように。

「………嘘でしょ……ありえない。……こんなの…………ありえないわよ!!」

マリーは青ざめ、ヨメは笑顔《えがお》になっていく。

主の命令を無視している。でも、動いている。

ということは……。

「嘘よ………自我のあるホムンクルスなんて……できるわけないのに……!!」

過去に全く例がないわけではなかったが、ここ百年で実現したという話は聞かない……。

国王が信じがたい、とつぶやいている。王妃や王弟が唖然《あぜん》としている。

マリーのときはわっと沸《わ》いたが、今回は何か神々《こうごう》しいものを見るような、息を呑む空気がその場を包んでいた。

「イザヤさん、やりましたよ。狙《ねら》い通りです！」

「ああ！」

「な、何が狙い通りよ、偶然《ぐうぜん》でしょ、こんなの！」

マリーがヨメのそばまですっとんで行き、くってかかる。

「いえ、狙いました」

半分は本当で半分は嘘だった。

通常、イザヤの与《あた》えた魔力《まりょく》は、溶《と》け合って、全てヨメのものとなる。

だが、今回は、イザヤの魔力が溶け合う前に錬成を実行した。

ヨメの魔力とイザヤの魔力――女性性と男性性という『相反するもの同士』が結合したとき、化学反応が起きて……自我のあるホムンクルスが誕生した。

男性性と女性性を結合させ、化学反応を起こす……そこまでは想定していたが、結果まては予想していなかった。

ヨメはマリーに向け、諭《さと》すように言葉をかける。

「マリー、あなたの気持ちはわかりますよ。目の前でキスされて、自我のあるホムンクルスなんて錬成されたら……、そりゃムカつきますよね。なんだそれふざけんな！　って。イチャイチャ死ね！　って。逆の立場ならわたしだってそう思いますよ」

「…………」

「でも、わたしはイザヤさんとの錬金術を信じたかった。いえ、イザヤさんだけじゃない。……青臭いこと言いますけどね、わたしはたくさんの人たちとのつながりを信じたかったんですよ。キスはその象徴《しょうちょう》だと思ってください」

「…………っ」

マリーは悔《くや》しそうに黙《だま》りこみ、唇を強くかんだ。

イチャイチャ錬金術と孤高の錬金術……。ふたりの女の子が、それぞれの信念を全力で激突させた。どちらが正しいとは言えないが、勝負は冷酷に勝者と敗者を描き出す……。

「素晴らしい。おふたりとも、実に素晴らしいものを見せていただきました」

ふたりのもとへ、拍手《はくしゅ》をしながら国王がやってくる。

「本心をいえば優劣《ゆうれつ》などつけたくありませんが……ルールはルールです。引き分けというわけにはいかない」

国王はヨメとマリー、ふたりの顔を交互《こうご》に見てから、おごそかに告げる。

「勝者は……ヨーメリア・クレッシェント」

「きゃーーーーっ、かわいいですっ！」

アリエル姫が目をハートにして、ヨメのホムンクルスをなでなでしている。

「パパ、この子、欲《ほ》しい！」

「クレッシェントさん……すみません、この子いただいてもよろしいでしょうか？」

「はい。献上《けんじょう》いたします」

国王に錬成したものを乞《こ》われる……。錬金術師にとって最高の名誉《めいよ》だ。

「わーい。お名前なんにしようかしら？」

動くぷちあにさんは姫の足元にじゃれついて、その場の人間がみんな集まっていく。

ホールの隅でぽつんとたたずむマリーのドロシーと、残酷《ざんこく》なまでの対比だった。

マリーは、唇をかみしめてうつむき、握《にぎ》った手を震わせていた。

「…………」

勝った。

この、黒き錬金術師に……最大最強の相手に、勝った。

でも——まだ終わりじゃない。

イザヤがマリーに声をかけようとすると……先に口火を切られてしまった。

「安心しなさい。約束は守る。あたしこの街……っていうか、この国出て行くから」

意外だった。マリーはすんなり敗北を認め、喚《わめ》かなかった。

「ちょうどいいわ。マリーゴールド流錬金術を世界に広める予定だったし、この街に未練もないし。あんたたちはせいぜい、ふたりで頑張《がんば》ることね」

「………」

マリーはイザヤの真横を通り、毅然《きぜん》としたまま立ち去ろうとする。

ショックを受けているのは間違《まちが》いないだろうが、プライドでなんとかごまかしているようだ。

だが……どうしたってとりつくろえないものもある。

——マリーの目尻《めじり》に、涙《なみだ》の粒《つぶ》が浮かんでいた。

（さすがに強がりきれない、か……）

イザヤはこのマリーゴールドという少女をどうしても嫌いになれなかった。

かつての自分に似ているところがある。

イザヤもヨメと出会うまでは、ひとりこそ至高と思っていた。

でも、ヨメと一緒《いっしょ》にあの工房で暮らすようになってからは……。

「それじゃ、さようなら」

最後の礼儀《れいぎ》なのか、マリーはイザヤの前を通過するとき小さく挨拶をした。

孤高の錬金術師が、いま、自分たちの前からいなくなろうとしている。

ふと思い出す。イザヤはヨメの工房から立ち去ろうとして、ヨメに手首をつかまれた。

ならば……。


「――待て」


イザヤがマリーの手首をつかむと、一瞬《いっしゅん》びくんとしてから、ブロンド頭が振《ふ》り返る。

「……なによ？　もう用なんてないでしょ、放しなさいよ」

「相反するもの同士の結合が錬金術の極意《ごくい》というなら、太陽と月もまた、そのはずだ」

マリーは怪訝《けげん》そうに、細い眉《まゆ》をひそめる。

「俺は剣《けん》を振るってばかりで、仲間も友人もろくにいなかった。それでいいと思っていたが……いま思うと少し後悔《こうかい》もしている」

「…………はぁ？」

「同じ街、同じ時代に生まれ、同じ錬金術師で、同じ性別で、同じ年齢《ねんれい》。そういうふたりが、ときに競《きそ》いあい、ときにわかり合う……それじゃ、駄目《だめ》なのか？」

「…………何を言いたいの？」

「孤高であることと、孤独《こどく》であることは違《ちが》うはずだ。手強《てごわ》い宿敵《ライバル》がいてこそ、君のプライドも栄えるんじゃないか？」

「だから、何を言いたいのかって──」

「この街に残って、ヨメとお友達になれ」

「はぁぁぁぁぁぁぁぁぁぁぁぁぁっ⁉」

マリーは反射的に叫んで、顔全体に困惑《こんわく》の色を浮かべる。

「あんた、いきなり何ふざけたこと言ってるのよ……。友達って……なにそれ……」

「勝ったら提案するつもりだった。あんな口約束、果たす必要はない」

提案だけならいつでもできたが、普段《ふだん》のマリーはアレだ。聞くわけがない。こちらが勝って、ちょっとはしおらしくさせる必要があった。

……まあ、あまりしおらしくはなっていないが。

「もう一度言う。ヨメと友達になれ」

「……。冗談《じょうだん》じゃないわ。女に二言はないの。だいたい……あたしはひとりで戦う。そう言ったでしょ！」

そこでイザヤは妙《みょう》にかっこいい顔を作って、告げる。

「出会いは人を変える。それこそ、錬金術のように」

「…………。あんた、やたらベラベラ喋《しゃべ》ってなんか不自然じゃない？」

いぶかしむマリーの眼前に、一枚の紙がぴらっと突《つ》き出される。

「ふふ、マリーちゃん。イザヤさん苦労してセリフを考えてきたんだから、聞いてあげてもいいんじゃない？」

エリカが笑っている。

……おい。その紙って……。

イザヤが慌《あわ》てて尻のポケットに手をやると、そこに入れておいたはずの紙《カンペ》が、いつの間にかなくなっている……。

「あぁーーーーーーっ⁉」

「おかしいと思ったのよね。イザヤさん、すらっすらかっこいいこと言うから」

「う、うぅ……」

せっかく、用意してきたセリフが決まったと思ったのに……。はーぁ……。

エリカは笑いながら、マリーに問いかける。

「マリーちゃん、アルケミスト・ルネッサンスを陛下に見ていただくんじゃないの？　それ実現しないまま、どっかいっちゃうの？」

「だって、そういう約束だし……」

するとエリカは、呆《あき》れたようにため息をひとつついて、こんなことを言う。

「あのねえ、お姉ちゃんは、実は見抜《みぬ》いてたんですからね？　マリーちゃん、自分が勝ったら、約束不問にするつもりだったでしょ？」

「う……」

「それはそうよね。ヨメちゃんを叩《たた》き出すんじゃなくて、負けたとき自分が逃《に》げ出すための、自分への言い訳用だったんだから」

「うぅ……」

え、そうだったの？

「あら、やっぱり図星なのね♪」

………。相変わらず探《さぐ》りを入れるのがうまいお姉ちゃんなのだった。

「まあでも、それなら……あんな約束意味ないな」

「ええ、イザヤさんの言う通りよ。……ねえマリーちゃん。お姉ちゃん、監査官として優《ゆう》秀《しゅう》な錬金術師が国外に流出しちゃうなんて絶対阻止《そし》したいんですけど？　冗談でもなんでもなく、マリーちゃんにはこの国の錬金術を担《にな》う存在になってもらう予定なんですけど？」

「………で、でも」

眉尻《まゆじり》を下げるマリーに、エリカが優しく問う。

「……そんなにヨメちゃんが嫌《きら》い？」

マリーがためらいがちにヨメを見る。

「それは………嫌いっていうか………」

「自分にないものたくさんもってるから？」

「…………」

「ヨメちゃんにはイザヤさんがいた。マリーちゃんには誰もいなかった。差がついちゃったのはそこだっていうのは、賢いマリーちゃんならわかるわよね？」

「…………」

「ヨメちゃんはイザヤさんを得て、自分に欠けていたものを埋《う》めた。もしマリーちゃんがヨメちゃんというお友達を得たら、マリーちゃんも欠けていたものを少しは埋められるんじゃないかしら？」

「……あたしの、欠けていたもの………」

お姉ちゃん、ダテに監査官じゃないな。説得力凄《すご》い。

マリーは相当ぐらついている。もう一押しだ。

「ヨメも錬金術師の友達ほしいだろ？」

「……まあ、否定はしませんけど」

「だったらあとはヨメがとどめをさして落とせ」

「なんですか、落とすって……」

イザヤは、ヨメはマリーを受け入れるという確信がある。

この母猫《ははねこ》さんは、寄ってくるものはたぶん拒まない。それどころか、自分から目をつけて拾ってくる子だ。子犬がひとりぼっちで寂しそうになんてしてたら、絶対、よしよししてあげるはずだ。

イザヤに言われたヨメが、マリーの前に立った。

すぐに、バツが悪そうに目を逸らすマリー。

「もう。だいたい、わたしは街から出て行けなんて言ってないんですよ？　マリーが自分で言い出して、自分で盛り上がってただけなんですから。本当に世話のやける子ですよ」

ヨメは唇をとがらせたが、すぐに、真摯な表情になる。

「マリー、あなたに問いたいことがあります」

「な、何よ」

身構えたマリーだったが……。

「ちゃんと、食べてるんですか？」

「……え？」

「ドーナツばかりじゃ体に悪いですよ。そこは本当に、ちょっと心配なんですよ。太る体質ではないみたいですけど、そればっかりというのは健康に良くないですからね？」

「う……うっさいわね。わかってるわよ、そんなの……」

ヨメはそのまま、なぜかエリカに視線をすべらせて、

「あと、エリカお姉ちゃんもお酒ばっかりなんじゃないですか？」

「や、やだっ。なんでお姉ちゃんにまで矛先向いちゃうのかしら!?」

「イザヤさんとふたりぶんのごはん作るのも、四人ぶん作るのも手間はそんな変わりませんし。良かったら工房《うち》にごはん食べに来てくださいよ」

「ああ、そういうことね……。マリーちゃん、聞いた？　マリーちゃんも一緒にごはん、決定ね♪　お疲れ様会よ、お疲れ様会」

「え、ちょっと……えっ……」

戸惑うマリーに、イザヤがうなずく。

「そうだな、一緒にメシ食うか」

「え、え……えええっ？」

「とりあえずわたしに言えるのはこれくらいです。あとは——」


「ひとりでお疲れ様でした、マリー」


「………」

ヨメはほんの少し微笑んでいた。マリーはその顔に視線を吸い寄せられていた。

ほら、やっぱりこうなった。ヨメはクールなようでいて人に甘《あま》い。優しいと言ってもいいが。

「わたしから言うことはそれくらいですね。下手なこと言うと噛みつかれそうですし」

「……何よそれ。あんたってやっぱ腹立つわ」

「そうですか。悪かったですね」

「ええ、悪いわよ……」

ほぐれた空気になりつつも、お互《たが》い意地を張っているのか、なかなか最後の一線を越え

られない。

しかたないな。こういうときは、第三者の介入が必要だろう。イザヤは微笑みながらふたりの手をとり、重ね合わせようとする。

「…………」

「…………」

ヨメもマリーも観念したようだ。

無言のままお互い視線を合わせると、照れくさそうに手をつなぐ。

こうして……。

太陽と月は、結合した。

うんうん。やっぱり、出会いもまた錬金術だな。

めでたし、めでたし。

これで、全《すべ》てがまるくおさまって――。

243 魔王を倒した俺に待っていたのは、世話好きなヨメとのイチャイチャ錬金生活だった。

――とは、ならなかった。

第4話　イザヤはもうひとりではないのだった。

あとから思えば。

このとき、イザヤがすぐにその場を離れれば……あんな運命はたどらずに済んだのだ。

だが、それは結果論である。

ヨメとマリーが手を結びあった姿を見て、幸せな気持ちに包まれたイザヤは……少し調子に乗ってしまった。

直立したまま動かないマリーのホムンクルス、ドロシーに近づいて、感嘆。

「しかし素晴《すば》らしいな……。これは俺《おれ》の理想とする造形だ……」

マリーがイザヤの横に立ち、

「でも、あんたの作る人形とはぜんぜんセンス違うじゃない？」

「いや！　本当は俺だってこういう実物みたいな人形を彫《ほ》りたいんだ。だが……技術もセンスもなくて……。妥協しているわけではないが……こういった造形にあこがれてるんだ！」

「なっ……何よあんた、いきなり熱く語り出して……。まだセリフ用意してたの？」

イザヤはちょっと興奮しているため、マリーの質問には答えず、

「この造形センスはマリーのものなんだろ？」

「まあ……そうなるわね」

「豊満なバスト、完璧といっていいボディライン……女神像のようだ」

「そう？　それはほら、あたしの理想が詰《つ》まってるし……」

「自分がこうなりたいってことですか？」

ヨメに突っ込まれたマリーは、頰《ほお》をぽっと染めて首を振り、

「ちょ……、違う違う。一般《いっぱん》論としての理想だから……っ」

「ああ、理想的だ。特にこのくびれの部分。いや凄い。このなだらかなカーブを彫るとしたら……どれだけ難しいか……」

イザヤは言いながら、ドロシーの脇腹を指でなぞった。

――うぉん。

「……？」

初めイザヤは幻聴《げんちょう》でも聞いたのかと思った。だが、違う。明らかに、うぉん、うぉんと、耳慣れない音が発せられている。

すぐ、目の前から。

まじまじと、眼前のドロシーを見る。

自律行動はとらないホムンクルスだから、当然、ぴくりともしない。だが、ドロシーからうぉん、うぉんと音がするたび、イザヤは力が抜《ぬ》けるような感覚に襲《おそ》われる……。

これは……。


魔力を吸い取られている？


どういうことだ……？

マリーも気づいたらしく、みるみる顔色が変わっていく。

「え……ちょっと……。なにこれ……まずいまずい……超まずい!!　妙な化学反応起きてる!!」

「化学反応……？」

「あたしの魔力を注ぎやすいよう、触媒に魔術《まじゅつ》用の水性エーテル使ったんだけど……あんたの魔力に変な反応しちゃってるのよ!!」

イザヤの魔力は、元は魔王《まおう》ジュダスのものだ。

マリーは魔王ジュダスの魔術を研究し、錬金術に取り込んだと言っていた。

イザヤの魔力とドロシーのあいだに親和性があり、おかしな作用が起きてしまったとしても、不思議ではない……。

「………」

何か、とても厄介《やっかい》なことが起きそうな気がする。

イザヤは慌てててドロシーから手を離《はな》し、魔力をせきとめるようなイメージをしたが――

遅《おそ》かった。

エメラルド色の光が、イザヤとドロシーを包《つつ》みこんで……。

瞬間《しゅんかん》、

「※☆△※■□○◇■◆○※☆△◆※☆△※■□○◇■◆○※☆△◆――――!!」

人間には聞き取れない、絶叫。

その直後、命令を聞くだけの無機物だったゴーレムクルス・ドロシーは、誰に命令されることもなく駆《か》け出《だ》して――。
窓を突き破り、夜の闇《やみ》に身をおどらせた。

※

賑やかだった場が、次第に静まりかえっていく。

事態に気づいた国王やエリカが、顔を強ばらせてドロシーの消えた窓を見やっている。

「あ…………」

ドロシーの主であるマリーは呆然《ぼうぜん》と立ち尽くしていた。

さすがに予想外の事態すぎて、どうしていいかわからないらしい。

そんなマリーに、イザヤは冷静な声をかける。

「すまない。あいつ、ぶっ壊すだろうけど、いいか？」

「え？　…………ええ。どうせ無機物だし……」

ドロシーはマリーの言うように無機物だ。本来、勝手に動くなんてできない。

だが、イザヤから魔力を吸い取り、化学反応を起こしたことで……虫程度の本能を得てしまったようだった。

「ということでヨメ、俺、ちょっといってくる」

「イザヤさん？　いってくるって……あの、待っ――」

「大丈夫だ。迷子にはならない」

イザヤは言うと、壁にたてかけておいた愛剣をつかみ、ドロシーの飛び出た窓に向かって駆けだした。


――まずいことになった。

絶叫したときの、あのドロシーの目。

眼窩から、黒い霧のようなものがあふれだしていた。

記憶《きおく》がある。魔王の生み出した魔物《まもの》が、みんなああいう双眸《そうぼう》だった。

闇の性質をもつ怪物の特徴《とくちょう》だ。

あれは放置すると危ない。間違いなく災厄をもたらす。

イザヤは急いで後を追ったが、ドロシーは猛烈《もうれつ》なスピードで王都から駆け去ってしまった。

消息不明だが……。

（あいつの行き先は……あそこだろうな）

闇の性質をもつ魔物たちは、地下深くにある『魔力溜《まりょくだ》まり』で魔力を養分とし、成長する。

もし、ドロシーが光に群がる虫のように、本能で魔力溜まりに向かったのだとしたら、おそらく……。

イザヤはある場所へと向かう。

「当たったな」

イザヤがたどり着いた場所は……水晶洞穴《すいしょうどうけつ》だった。

入り口の壁《かべ》に赤い泥《どろ》がこびりついている。ドロシーがここに来たのは間違いない。

イザヤはすぐさま中に突入し、駆け抜ける。

下に、下に。

どれくらい潜《もぐ》ったのか……巨大《きょだい》な空洞《くうどう》に出た。

そこでは、どういう原理なのか、可視化された大量の魔力が、エメラルド色の粒子《りゅうし》となって——直立するドロシーを包んでいた。

いや……ドロシーだったもの、と言ったほうが正しいかもしれない。

「………」

美しい少女の姿から、人間の六、七倍はある泥の巨人《ゴーレム》に変貌してしまっていたのだ。

イザヤは背中の剣を抜き、同時に、ほぞをかむ。

自分のせいで、こいつを生んでしまった。間違いなく、強烈な破壊《はかい》衝動をもっているはずだ。

この巨人が地上に出て、王都にでも向かったら……。

考えるだけで恐《おそ》ろしい結果になる。

「始末は……キッチリつけてやる」

イザヤの闘気に呼応するかのように、ドロシーが動き出した。

ずん……と一歩を踏み出すと、巨大な両手をふりあげ、イザヤめがけ振り下ろす。

直後、轟音とともに洞窟《どうくつ》が激しく揺《ゆ》れ、衝撃でいくつかの水晶が割れていく。

イザヤはその一撃を横にかわし、距離《きょり》を詰める。

ドロシーの腹に、黒く輝《かがや》く石が露出している。コア・マテリアだ。あれさえ破壊してしまえば、活動を停止するはず……。

イザヤは気合いを発して跳躍《ちょうやく》。ドロシーの足を蹴って三角跳びし、コア・マテリアめがけて剣を一閃――。

できなかった。

胴体から泥が吹《ふ》き出《で》て、コア・マテリアを守るように覆い尽くしたのだ。

一瞬ためらったイザヤだが、勢いのまま斬撃を放つ。

しかし、切っ先は泥の体をえぐるのみで、その斬り口もすぐに泥でふさがれてしまう。

まったくダメージを与えられない。

イザヤはそれでも何度か斬りつけた。結果は同じ。斬っても斬っても、すぐ泥でふさがれる。

「……打つ手なし、か」

ならば、方法はひとつだ。

物理的に――――逃げる。

イザヤはくるりと反転。猛烈な速度で、来た道を引き返した。

ドロシーは図体がでかい。ここからは出られないのでは？

それなら一度地上に戻《もど》って、対策を考えられるが……。

そう考えたイザヤだったが、ごごう、という何かが流れるような音を耳にして背後を見る。

「…………なっ⁉」

――濁流となった泥が追いかけてきていた。

ドロシーは体の硬度を自在に変化させられるらしい。

「反則だ！」

飲み込まれたら……死ぬ！

イザヤは全力で洞窟内を駆け抜け、地上へとび出た。

足を止めず、そのまま近くにある小高い丘《おか》へと向かう。

後ろを振り向《む》くと、洞窟から噴出した泥の濁流が集結し、巨人の姿になっていく。

イザヤは丘の頂上に立ち、ドロシーを待った。

……ここなら、いいだろう。

実は、イザヤはただ逃げたのではなかった。ドロシーを外に誘い出したのだ。

イザヤはかつて、魔王から莫大《ばくだい》な魔力を押《お》しつけられた。

魔王がそれだけの魔力を有していたのには、理由がある。

――絶大な、破壊の力を振るうためだ。

ふたたび泥の巨人となったドロシーが、地響きを上げてイザヤに迫る。

本当は、こんな力は使いたくない。魔王から押しつけられた力だ。いまいましいこと、この上ない。

だけど……ヨメの顔か浮《う》かぶ。
エリカの、マリーの、街の人たちの顔が浮かぶ。
そうだ。あの街はもう……俺の街だ。
新しい日常を守るため、少しは役に立ってもらおうじゃないか。
イザヤの視界を、ドロシーが覆い尽くした。
イザヤはまったく動じなかった。
視線すら向けない。少しうつむくと——まっすぐ右手を突き上げた。

※

丘だった場所に、クレーターのような穴がうがたれていた。
その中央に、右手を伸《の》ばしたイザヤが立っている。
空には満月。夜風がふきぬけていく。
ドロシーの姿はない。爆発《ばくはつ》とともに、一瞬で蒸発した。
「………」
すっと手を下ろしたイザヤは、既視感を覚えていた。

一年と少し前。

追われる身となったイザヤは、宮廷魔術師《きゅうていまじゅつし》の放った使い魔のゴーレムを破壊した。

あのときも、ごっそりと地面を削り、丘ひとつを消しとばした。

よく似た状況《じょうきょう》だった。

だが、ひとつ、決定的に違うことがある。

イザヤはもう……ひとりではなかったのだ。


「イザヤ、さん……？」


………。

声をかけられおそるおそる振り向くと、クレーターの縁《ふち》にヨメが立っていた。

「なんで……ここだとわかった？」

「イザヤさん、迷いなくこっちに来たじゃないですか。あそこまで迷わないのは、たぶん、一度行ったことがあるところだろうと思って……」

「鋭《するど》い、な」

「水晶洞穴は魔力溜まりもありますし……」

さすがだ。ヨメは賢い。

「……見てたのか？」

「遠くからですけど」

「どこから？」

「手を、あの化け物にかざしたところから」

「…………」

呆然となる。

見られたくないところを、全部、見られていたわけだ。

「イザヤさん…………」

ヨメの猫っぽい目に、怯《おび》えの色が浮かんでいた。

その表情を見れば、あの力を見てどう思ったのかなんて……聞くまでもなかった。

「はぁ……」

イザヤはヨメに背を向け、悄然と腰《こし》を下ろす。

参ったな。

人生ってどうしてこんなにうまくいかないんだろうな。

剣ひとすじで魔王を倒《たお》して、欲しくもない力を得て、追われる身になって。

見知らぬ国で、ひとりの女の子と出会って、新しい生活を得て。

一度はからっぽになったかと思った心が、次第《しだい》に満たされて。

また、見つけられた、そう思っていたのに……。

「…………」

ヨメは何も言わない。ただ、立ち去ろうともしない。

(せめて……けじめくらいつけるか)

イザヤはヨメに背を向けたまま、なんとか声を絞《しぼ》り出す。

「すまなかった。俺がどういう人間かきちんと言うべきだった……」

「…………」

「こういう、ヤツなんだ」

ヨメの足音が近づいてきた。

すぐ後ろに気配がする。

「イザヤさん、自分のこと危険な男だ、とかいうんですか?」

「ああ。見ただろ?」

うつむいてそう言うと、ヨメはすぐには返事をしなかった。

少し間をおいてから、イザヤのことを——。

ぎゅっと、抱《だ》きしめた。

背中に感じるやわらかくてあたたかい感触《かんしょく》に、イザヤは目を見開いた。

「…………………え？」

ヨメはイザヤの首元に腕《うで》を回して、身を寄せてきた。

顔を横に向けると、すぐそこにヨメの顔があった。猫っぽい瞳《ひとみ》と、小さな唇《くちびる》が笑っている。

「もう……何言ってるんですか。イザヤさん危険な男なんて柄《がら》じゃないですよ？」

「いや、そういうことじゃなくてだな……」

「ばか。そりゃびっくりはしましたよ。でも、これくらいでわたしがイザヤさんを放《ほう》り出すと思ったんですか？　説明してとは思いますけど、何も変わりませんよ」

「これくらいでって……」

「いいですか？　イザヤさんのおうちは何があっても、もうあの工房《こうぼう》なんですからね？　帰ったら、パイでも焼きますよ。あ、でも夜食はよくないかも。朝、食べましょうか？」

ヨメは慈母のように微笑《ほほえ》んでいた。

「とにかく……無事で良かったです。うん。本当に世話の焼ける人なんですから」

いつもはすました顔なのに、こういうときは優《やさ》しく笑ってくれて。

イザヤはさっきとは別の意味で、参ったな、と思った。

こんなふうに、ヨメにあたたかく包まれて……。

このぬくもりを一生手放せなくなったら、どうするんだ……。

エピローグ

ばんっ、ひゅるるる……ばぁーーーーん！

どんっ、どぉぉぉぉん‼

「うっわーーーーーーーっ、すごーーーい。なにあれーーーっ‼」

「初めて見ました。あれが打ち上げ花火っていうんですか‼」

夜空に炸裂する花火。

見上げてはしゃいでいるのは、パン屋の娘《むすめ》チェルシーと素材屋の少年ウィン。

その近くにイザヤ、エリカ、マリーの姿もある。

王都を横切るウォール川の河原にたくさんの人たちがつめかけ、その全員が感嘆の声を上げている。

それはそうだろう。手でもてるサイズの、小さい花火しかなかったアルリオンの人たちにとって、空に華を咲《さ》かせる打ち上げ花火は、衝撃だ。

晩餐会《ばんさんかい》から一週間後。

建国祭の夜。

晩餐会の勝者にはパフォーマンスを披露《ひろう》する権利が与《あた》えられる。

普通《ふつう》は、ちょっとした錬成《れんせい》を披露したりするのだが……。

「イザヤさん、お姉ちゃんもああいう花火初めて見ましたけど……ほんっとに凄いのね。メジャイルだと普通なの、あれ？」

「まあ、そこそこ普通だな」

これまでアルリオンには存在しなかった、打ち上げ花火。

これが、ヨメとイザヤの、勝者のパフォーマンスだった。

いや、正確には……ヨメとイザヤと、もうひとり、だ。

エリカが微笑みながら、チェルシーたちに言う。

「あれはこのお姉ちゃんと、ヨメちゃんの『合作』よ？　感謝しましょうね」

「はーい。マリーお姉ちゃん、ありがとう!!　わたし、将来は錬金術師《れんきんじゅつし》になる!!」

マリーは子供に慣れていないようで、

「そ、そう。おっほん！　錬金術師の道は孤峰のように高く険しいものですわよ？」

などとちょっとぎこちなく、でも猫をかぶって返している。

エリカの言うように、この花火はヨメとマリーのコラボレーションだった。

アルリオンに打ち上げ花火はなかったから、マリーのメジャイル魔術の知識がなければ、とても錬成できなかっただろう。

「マリーちゃんの協力あってのものよね。ヨメちゃんだけじゃ絶対無理だったわ」

そのヨメは王族に挨拶《あいさつ》に行っていて、いまここにはいない。

マリーは来るのを嫌《いや》がったが、エリカが強引《ごういん》に引っ張ってきたらしい。

イザヤにとっては、礼を言う機会ができたのでありがたかった。

「どうもな。力を貸してくれて」

「……。まあ、このあたしの力を王都の民に見せつける機会にもなったし……それに、筋は通すのがマリーゴールド流だから。不覚にも世話になっちゃったし」

「俺の責任なのにな。すまん」

ドロシーが暴走したことは宮廷《きゅうてい》で問題になった。

明らかにイザヤに大きな原因があったのだが、傍目《はため》にはマリーの責任とうつってしまったのは、無理もない。

「その……あんたたちがいろいろ宮廷で言ってくれたんでしょ？」

「そうよー。あんたたちっていうか、ほとんどお姉ちゃんですけど……マリーちゃんは悪くないってたっくさんフォローして、大変だったんですからね？」

「う……」

「ふふ、でもマリーちゃんのおかげで、こうして打ち上げ花火を実現できたんだもの。悪いなんて、ぜんぜん思わないでね？」

「………」

マリーは頭上で炸裂する花火を一度見てから、

「いい？　これで貸し借りはなしよ？　こんなこと二度とやらないわよ？　このあたしは孤高《ここう》の錬金術師なんだから」

「うふふ、はいはい」

かなり渋々だったとはいえ、マリーがヨメに力を貸すなんて、以前ならまずあり得なかった。

やっぱり、あの勝負の意義は大きかったのだ。

「お姉ちゃん、監査官《かんさかん》として万感の思いです。こうやって、いつも見守ってるかわいい子たちが力を合わせて新しい錬金術を見せてくれて……もうっ、泣いちゃいそう♪」

そう言うエリカも、打ち上げ花火の準備にかなり尽力してくれた。

ヨメに対しての態度だけ見ていると気づかないが、監査官としてアルリオンの錬金術についていろいろと考えてはいるらしい。

「じっくり楽しんでいたいけど……お姉ちゃんはるんっるんっと挨拶まわりしてくるから、これで」

エリカは言うと、人込みの中へとまぎれていった。

いつの間にかチェルシーとウィンはどこかに行っており、イザヤとマリーふたりきりになる。

なんとなく会話もなくなり、手持《ても》ち無沙汰《ぶさた》気味に花火を見上げて……。

不意に、「ねえ」とマリーが口を開いた。

「あんた、もしかしてあたしのこと軍門に降《くだ》ったとか思ってる？」

「軍門？」

「ええ。言っとくけどあたしはあんたたちと馴れ合う気なんて絶無。孤高こそが正義、その考えは未来永劫不変だと伝えておくわ」

「………………」

マリーは勝気そうな顔で言ったが、一転、眉尻《まゆじり》を下げる。

「でも……あんたたちイチャイチャ側《サイド》もイチャイチャ側《サイド》で新しい錬金術を生み出したし……頭んなか、ぐっちゃぐちゃ。アイデンティティクライシスしそうよ……」

イチャイチャ側《サイド》というのはやめてほしいんだが……。

「ひとりで考えすぎても、ただの妄執になるかもしれない。あんたが言ってたように、孤高と孤独《こどく》は違《ちが》うのかもしれない……。だからあたしはこう考えることにした。孤高側《サイド》の錬金術師として、絶対、イチャイチャ側《サイド》を倒す。あんたたちの近くにいて、常に勝負の心を忘れない。それが、あたしの錬金術をさらなる高みに連れてってくれるはずって」

さらなる高み……錬金術にはひたすら懸命《けんめい》なマリーなのだった。

そのとき、ひときわ大きな花火が炸裂して、マリーの可憐《かれん》な横顔を照らす。

「まあ、なんだ。よろしくな」

「は、なにそれ？　いまの話の返事がよろしくってだけ？」

「…………」

「また黙《だま》っちゃうし……イザヤって、なんか、やだ。あんまり喋らないから、結局こっちがぺらぺら話しちゃうじゃない。もうちょっとなんか話しなさいよ！」

「——そうですか。ではわたしがお話ししましょうか」

「ひゃわっ！」

唐突《とうとつ》にむすっとしたヨメが割って入り、マリーは跳びあがった。

「ちょ、あんた……聞いてたの⁉」

「『ひとりで考えすぎても、ただの妄執になるかもしれない』……しおらしいことを言ってましたね？　わたしにも素直《すなお》に言えばいいじゃないですか？」

う、とたじろぐマリーだったが、すぐにこう切り返す。

「ふ、ふんっ。酒癖《さけぐせ》最悪女になんて言うわけないじゃない」

「…………」

今度はヨメがうっとなった。

「くく……あたし聞いたわよ？　あんた、酔《よ》っぱらうと大変だって。イザヤのこと押し倒して舌なめずりするって」

「イ、イザヤさん」

「俺はそんな話ひとこともしてない……」

「じゃあ誰《だれ》が言うんですか？」

「エリカ」

「……あ、あの人は、本当に余計なことを」

マリーは得意そうにふんぞりかえり、

「ふふん、堕落《だらく》してるのよあんたは。あたしはお酒なんて一滴も飲まない。酒くらってイチャついてるスケベ錬金術師とは志が違うんだから！」

「……。まあ飲まないのはご自由にどうぞ。わたしは酔うとちょっと個性が出る癖はありますが……お酒の楽しみを知っているといえます。マリーの知らない世界を知っているというわけです」

「……だから何よ。知ってりゃいいってもんじゃないんだから」

「そうですか。エリカお姉ちゃんやイザヤさんと、あなたが一生知りえない世界で楽しく過ごしますからね？」

「……あ、あたしは錬金術さえあればいいの！　勝った気になんなよ、このスケベ錬金術師っ!!」

太陽と月は、水と油。それは変わりようがないらしく、イザヤは苦笑《くしよう》するしかなかった。

ヨメと睨み合っていたマリーだが、ふと、真顔に戻って、

「……ねえ、あんたたちって、ほんとに恋人《こいびと》同士とかじゃないの？」

ヨメは一瞬《いっしゅん》言葉に詰まってから、

「……そうですよ。お仕事のパートナーですから」

「ふぅーん……そうなんだ……」

マリーは、ちょっとだけ興味深そうな顔でイザヤを見る。

イザヤが視線を返すと、ばーんばーんと頭上で花火が炸裂。マリーは表情を変える。

「……ま、いいわ。次は絶対負けない。あんなイチャイチャが正義だなんてこのあたしが絶対許さない。錬金術はそんな一面的じゃない。あたしという孤高の錬金術師が……正義の刺客が！　あんたたちを打倒《だとう》するから！」

マリーはイザヤとヨメをびしっと指さすと、「帰る」と宣言。黒マントをなびかせながら去っていった。

「今度は正義の刺客、ですか……。あの語彙の豊富さは尊敬に値しますね」

「はは……」

なお、これだけ言っておいて、マリーはヨメの工房に入り浸ることになるのだが……それはまた別の話。

「刺客さんもいなくなって、これでようやく落ち着けますね。花火、ほとんど終わりなのは残念ですけど………座《すわ》ります？」

「ああ」

イザヤとヨメは並んでその場に腰を下ろし、しばらく、黙って花火を見上げた。

なんとなくあたりを見ると、何組か、恋人らしき男女が肩《かた》を寄せ合って座っている。

――キスをしているペアもいる。

ヨメがその様子をちらちらうかがっているのがわかった。

メジャイルにいたときは毛ほども意識しなかったが、打ち上げ花火とはけっこうムードのあるものらしい……。

「…………」

「…………」

と――。

「……イザヤさん、あの」

「ん？」

ヨメが自分の唇をそっと触って、

「唇に、まだ感触残ってるんですよね。一週間たつのに。イザヤさんはどうですか？」

「……俺《おれ》も、ちょっとあるかな」

「そう、ですか」

「ああ」

「照れません？」

「まあでも、ほら、仕事のあれだったし」

「……ですよね。仕事のあれですから……」

「…………」

「…………」

ばぁーーーーん。

花火の灯りが、ふたりを照らしていく。

イザヤとヨメは黙ったまま夜空を見上げ、そろそろ全《すべ》ての花火が終わる、というときに。

「もう一ヶ月半、ですか。イザヤさんと知り合って」

「そんなになるか」

「あらためて言いますけど……ありがとうございます。晩餐会でああいう結果を出せたのも、イザヤさん抜きじゃ無理でしたし」

「いや、こっちも世話になってるし……」

するとヨメは声のトーンを少し落として、ちょっとマジメな声色で、

「……わたしにとってイザヤさんは世界で唯一《ゆいいつ》の人ですけど、イザヤさんにとっては……どうなんでしょうね」

「それは唯一だけど」

「ほんとですか？」

「もちろん」

「そうですか、もちろんですか、あ、はい」

ヨメはちょっとはにかんでから、何かを考えるような表情になり、こう切り出した。

「あの、イザヤさん……だったら、ひとつ、いいですか」

かしこまった雰囲気《ふんいき》だが……何を言う気だ？

ふたりきりで花火を見て、ムードがあって、唯一の存在とかどうとか話をして、そこから伝えようとすることといったら……。

「前、一緒《いっしょ》に暮らすのはお試《ため》し期間って言ってましたよね。あれってまだそうなんですか？」

「……ああ、あれか」

なんだ、そんなことか。拍子抜《ひょうしぬ》けした。

「それ、言う必要あるのか？」

「ありますよ、もちろん。イザヤさん、必要なことはもうちょっと口にしてくださいよ」

「答えなんて決まってるだろ？」

「だったらそれをそのまま言葉にすることを推奨します」

「…………」

イザヤはふと、未来へ思いを巡らせる。

これから先、ヨメとの日々に何が起きるか、何が待っているのか。

エリカやマリーや街の人たちとの間に、どんな出来事が起きるのか。

イザヤとヨメの錬金術が何を生み出すか。

考えるだけでワクワクするし……何より、ヨメという存在に安らぎを感じる。

かつては勇者とか、破壊の化身《けしん》とか呼ばれたが、そんな過去はもうどうでもいい。

大切なのは、この新しい日常だ。

だから……つまり……。

イザヤは、照れつつ、少しかしこまってこう答えた。


「……これからもお世話になります」


その瞬間《しゅんかん》、最後の花火が盛大に炸裂。

灯りに照らされたヨメは、ちょっと目を細めて、どこか優しげにこう答えるのだった。

「はい。これからも喜んで、お世話いたします」

あとがき

こんにちは、かじいたかしです。

『魔王を倒した俺に待っていたのは、世話好きなヨメとのイチャイチャ錬金生活だった。』

というアホみたいに長いタイトルの新作をお届けいたします。

さて、この「イチャ錬」ですが、「良い子」のためのライトノベルです。

というか、基本、ライトノベルとは良い子のためのモノであると、僕は思っております。

実際は苦みの似合う紳士が買っていたとしても、良い子のためのモノなのです。

そういった、「ラノベは良い子のための読み物である」という観点で、手元にあるゲラを確認してみますと、プロローグに、

「犯される」「無理やりパパにされる」「男の純潔を散らされる」

といった文言が頻出しております。

…………繰り返しますが、本作は良い子のためのライトノベルです。

なお、このイチャ錬、私ひとりだけで完成させたものではありません。担当さんと何度

か打ち合わせをしております。

あれは忘れもしない、去年の初秋。

メールでプロットを提出し、ホビージャパン本社ビル一階の応接室的なところで行われた初回打ち合わせのとき、担当さんが発した第一声はこういうものでした。


「これって性癖なんですか？」


愕然としました。

この人は何を言っているのか、と。

良い子ラノベの打ち合わせで、開口一発めに「性癖」なんて単語出すのか、と。

補足すると、プロローグのシーンに対する突っ込みです。

担当さんは、ヒロインが主人公にのっかってしまうのは、ヒロインの性癖なのかと問うてきた——と、そのときは思いました。

繰り返しますが、このイチャ錬は良い子のライトノベルですから、作者が気持ち悪いくらい溺愛している美少女キャラクターに性癖なんて生々しいものを設定しているわけないじゃないですか？

なんで、「違いますよ」とクールに返したのですが……。

いま、このあとがきを書く段階になってハタと気づきました。

違う。そうじゃない。担当さんが問うてきたのはそういうことじゃなかった……。

「（作品のコンセプトとほとんど関係ない、主人公がヒロインにのっかられるシーンから始まりますけど）これって（あなたの）性癖なんですか？」

こういうことだったのだ……っ!!

なるほど、腑に落ちました。

では、その答えをこのあとがきでしよう……と思うのですが、しかし、良い子の皆さんに僕の性癖を開陳するには、まず「精神的性癖」と「身体的性癖」について語らねばならず、どうあがいてもページが足りません。

ということで謝辞に参ります。

イラストのふーみ先生、綺麗で優しげなイラスト、ありがとうございます。素人意見ですが、カバーイラストの赤やピンクの使い方がとても素敵だなと感じました。

担当さん、今回はカバーイラストなどに自分の意見をかなり取り入れて頂き、ありがとうございました。

その他関係者のみなさま、相談にのってくれた友人たち、感謝いたします。

そして読者のあなた。本作を手にとって頂きありがとうございます。作家と出版社は読者のおかげで生きています。どうかこれからも僕たちを生かしてやってください。お願いいたします。

それではイチャ錬二巻でお会いできることを祈りつつ……。

良い子のためのラノベ作家、かじいたかしでした。

■おことわり

作中で登場人物が飲酒しているシーンがありますが、未成年の飲酒を助長するものではありません。未成年の方は絶対に真似をしないようお願いいたします。

HJ文庫
767
http://www.hobbyjapan.co.jp/hjbunko/

魔王を倒した俺に待っていたのは、
世話好きなヨメとのイチャイチャ錬金生活だった。

2018年6月1日　初版発行

著者――かじいたかし

発行者―松下大介
発行所―株式会社ホビージャパン
〒151-0053
東京都渋谷区代々木2-15-8
電話　03(5304)7604（編集）
03(5304)9112（営業）

印刷所――大日本印刷株式会社

装丁――AFTERGLOW／株式会社エストール

Printed in Japan

ISBN978-4-7986-1707-7　C0193